COBALT-SERIES

ひきこもり魔術師と社交界の薔薇

それで口説いてないなんて!

秋杜フユ

集英社

Contents
目次

ひきこもり魔術師と社交界の薔薇

それで口説いてないなんて！

The Characters
登場人物紹介

エイブラハム
有名な魔術師一族ルビーニ伯爵家当主。
残念なほど鈍感で、天然たらし。

ベアトリス

ファウベル家の令嬢で「社交界の薔薇」と呼ばれる美女で、ツンツンかつ純情。

セシリオ

ベアトリスの兄。
訳あって交流を絶っているが、エイブラハムの友人。

アドルフォ

近衛騎士団に所属する騎士。ベアトリスを崇拝している。

フェラン

ファウベル家が営む孤児院出身。ベアトリス専属の護衛。

ロサ

フェランの妹。孤児院の職員として働いている。

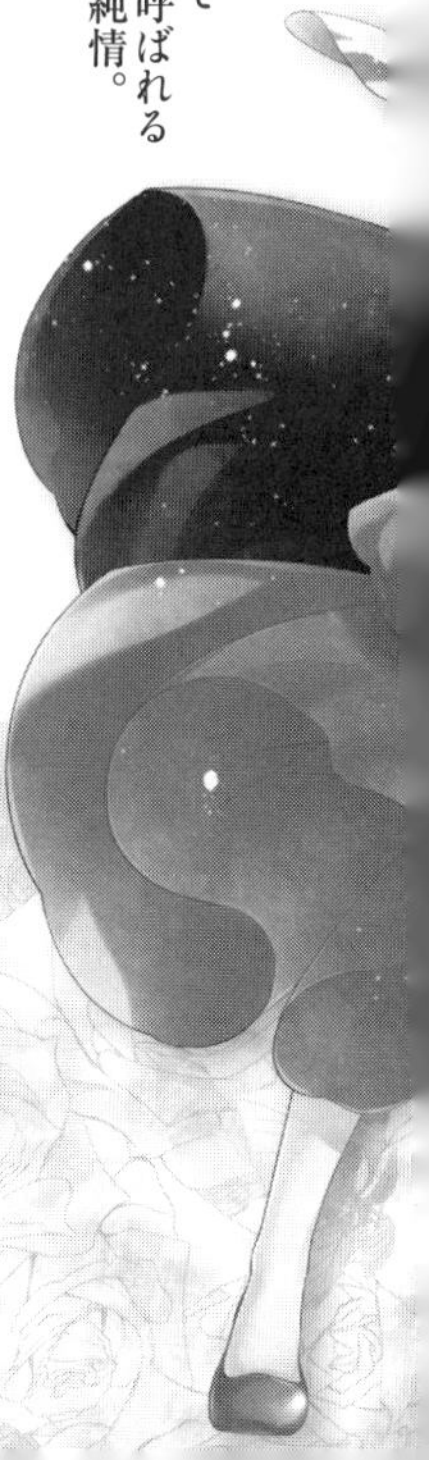

イラスト／サカノ景子

ひきこもり魔術師と社交界の薔薇

それで口説いてないなんて！

第一章　お嬢様はツンツンで、魔術師はひきこもりです。

　ファウベル侯爵家の長女、ベアトリス・ファウベルは世にも美しい娘でした。異国の姫君である祖母から受け継いだ、星をたたえる夜空のような漆黒《しっこく》の瞳と艶《つや》やかな黒髪を持ち、薄い唇が弧を描く瞬間を見た者はすべからく心を奪われるとささやかれるほど、彼女は美しかったのです。

「あぁ、美しきベアトリス。あなたはまさに、咲き誇る薔薇《ばら》だ。その華やかな美貌《びぼう》は赤薔薇を思わせ、年若い娘らしい可憐《かれん》な仕草はまさに黄色い薔薇！　それでいて、白薔薇のような神々《こうごう》しさまで持ち合わせている」

　アレサンドリ神国の貴族たちは彼女を「社交界の薔薇」と呼び、未婚の男たちは彼女を手に入れるべく春を告げる鳥のように愛を謡《うた》いました。

「愛《いと》しいベアトリス。あなたを目にした後では、他の花など目に映らない。私の心はあなたに支配されている。もし、あなたが私を選んでくれなければ、きっと私は一生独り身を貫くことになるだろう。どうか、どうか、私の手を取ってくれまいか」

兄であるセシリオ・ファウベルとともに夜会に参加した彼女のもとへ、独身貴族が結婚を申し込むのはいつものことです。夜会に参加する貴族たちが、彼女の答えを聞き逃すまいと耳を澄ませて注目するなか、彼女はにっこりと、朝露を纏《まと》って輝く赤薔薇のごとき笑顔を浮かべて言いました。

「まぁ、ご安心ください。あなた様がたとえ独り身を貫いたとしても、三月ほど前にあなた様が侍女《じじょ》に産ませた子供が家督を継いでくださいますわ。よかったですわね、男の子で」

静まり返った大広間に、彼女の笛の音のような滑らかな声が響き渡りました。結婚を申し込んだ男性は顔色をなくし、彼女の隣に控えるセシリオは口元を手で覆《おお》い隠して肩を震わせています。

そして少しの間の後、大広間は驚きの声で震えたのでした。


「ベアトリ――――――ス！」

ベアトリスがセシリオの手を借りて馬車から降りると、父――グスターボ・ファウベルが声を張り上げながら駆け寄ってきた。白髪が混じって灰色がかった黒髪を揺らし、四十路《よそじ》を越えているとは思えない引き締まった体躯《たいく》で、屋敷の玄関から正門へと伸びる石畳《いしだたみ》の道を力強く駆けるグスターボを目にするなり、『来たよ、来た来た』『グスターボ、すっごい怒ってる〜』という声がベアトリスの耳に響いた。

ベアトリスはどこからともなく響いてくる声に反応せず、目の前で立ち止まったグスターボへ、「なんですか、父様」と顎《あご》をつんとそらしながら答えた。

「カシーリャス家の秘密を暴露したそうだな。お前という娘は……どうして毎度毎度結婚を申し込んできた相手の秘密を暴いてしまうんだ！」

「別に好きで暴露しているわけではありません。ただ、あの男がくだらない嘘をつくから」

『そうだよ、そうだよ、あいつ嘘つき！』

「ベアトリスしか見えない、とか言っておいて、ちゃっかり近くの女に手を出していたんだものね」

響く声に交じり、セシリオもベアトリスを擁護《ようご》した。セシリオはベアトリスと同じ漆黒の髪と瞳を持っている。常につんと澄ましているベアトリスと違い、物腰が柔らかく表情も豊かな彼は、貴族令嬢のあこがれの的《まと》だった。

『侍女だけじゃないんだよ。他にもいっぱい、両手の指じゃ足りないの〜』

「しかも、子供をはらませておいてきちんと責任も取らないなどと、最低です」

ベアトリスとセシリオは「ねぇ」と視線を合わせて首を傾《かし》げた。

「だからといって、あんな人の目がある場所で暴露する必要はないだろう。いま頃、カシーリヤス家は大騒ぎになっているぞ……」

相変わらず仲がいい兄妹を見てグスターボが頭を抱えていると、ふたりが乗っていたファウベル家の馬車を警護、先導していた騎士が馬を降り、グスターボの斜め前でひざを折った。

「恐れながらアドルフォ・シントラが申し上げます。私があの後調べましたところ、カシーリヤス家は妊娠《にんしん》が発覚するなり、その侍女を屋敷から追い出したとのことです」

膝をつく騎士――アドルフォは、王城を警護する近衛《このえ》騎士団に所属する騎士だ。もともとは王都警備兵であったため、王都での情報収集能力に長《た》けている。彼の実力を正しく理解しているグスターボは、「なんということだ……」と眉《まゆ》をひそめて口元のひげを撫《な》でた。

「隠し子がいるというだけでも問題なのに、子供の存在そのものを認めていなかったとは……嘆《なげ》かわしい」

『アドルフォの言葉はあっさり信じるんだね』

『相変わらずグスターボは私たちの言葉を信じてくれない。ひどい！』

グスターボとアドルフォの会話に交じって、どこかで誰かが会話する声がベアトリスの耳に届く。まさにその声の通りなグスターボの態度に、ベアトリスが「アドルフォの言葉は信用するのだな」と口を尖らせると、その隣でセシリオは「まぁ、まぁ、とりあえず父様の怒りがおさまったのならいいじゃないか」と苦笑していた。

「ベアトリス様に愛をささやいておきながら他の女性に手を出す……誠実な男の行いではあり

ません。そのような卑《いや》しき男が、私の女神と婚姻を結ぼうなどと、許されるはずがない」

アドルフォの気迫に押され、グスターボが「そ、そうだな……」と答える端から、セシリオが「女神だって、うっわ」と両腕をさすり、ベアトリスは「もう慣れた」とため息をこぼした。

アドルフォは言葉の通り、ベアトリスを女神のように崇《あが》め奉《たてまつ》っている。近衛騎士として忙しい日々を送っているはずなのに、職務の合間を縫《ぬ》ってベアトリスに侍《はべ》り、今夜も勝手に馬車の警護をしてくれている。仕事はいいのか、とベアトリスは常々思っていた。

「……ふむ、アドルフォよ。忙しい身でありながらふたりが乗る馬車の警護をしてくれたこと、感謝する」

放っておくとベアトリスへの賛辞をひたすら述べ続けるアドルフォに、グスターボはさっさと礼を述べた。

「もったいなきお言葉です。ベアトリス様のためならば、私は火のなかだろうと水のなかだろうと喜んで向かいましょう。それに最近、貴族令嬢を狙った誘拐《ゆうかい》事件が起こりました。ベアトリス様はこの世で最も美しきお方。誘拐犯にいつ狙われてもおかしくないでしょう。くれぐれも、ご用心ください」

「なんと、誘拐とな。ベアトリスならばある程度の危機は回避できるだろうが……わかった。こちらも用心しておこう」

グスターボの返事を聞いたアドルフォは安堵《あんど》の表情を浮かべ、グスターボに対して礼をしてからベアトリスへと振り向いた。

「それでは、ベアトリス様。私はこれにて失礼いたします」

「あぁ、今日は全《まった》く頼んでもいないのに馬車の警護をしてくれて、ありがとう」

『ベアトリス、素直すぎ！　もっと包んで！』

『ツンツン！　とげみたい！　でもそこがいい！』

どこからともなく聞こえてくる声が非難なのか称賛なのかわからない感想を述べているが、ベアトリスはまったく気にしない。なぜなら、聞くものすべてがどうかと思うベアトリスの礼を受けたアドルフォ本人は、腹を立てるどころか、目を輝かせて頬《ほお》を染めているからだ。

「私の女神のお役に立てたのならば、これ以上うれしいことはございません」

「うれしいんだ」

「なんとも珍妙な男だな」

セシリオとグスターボが素直すぎる感想を述べても、アドルフォは気にしていないのか聞こえていないのか、ベアトリスに別れを告げて颯爽《さっそう》と馬に乗り、去っていった。

遠ざかっていく蹄《ひづめ》の音を聞きながら、グスターボは言う。

「ところでベアトリス。アドルフォから結婚を申しこまれてはいないのか？」

「やめてください。アドルフォと夫婦になるなど、考えただけで甘ったるさで胸やけがする」

「それを聞いて安心した。アドルフォには申し訳ないが、四六時中あれでは私も胃もたれを起こしそうだ」

「アドルフォは貴族じゃないから、身分的に釣り合わないとか勝手に考えてあきらめていそうだよね」

セシリオの言う通り、アドルフォは貴族の生まれではない。貴族と接点の全くなかったアドルフォだが、その実力と実直な人柄を見込まれ、王都警備兵から近衛騎士団に引き抜かれた。王族を警護するため、出自が出世に大きく響く近衛騎士団の中で、一兵士から騎士にまで上り詰めたのだから、彼がいかに優秀なのかが知れる。

「騎士の称号に見合う実力と周りから信頼を得るアドルフォならば、ベアトリスと結婚しても何の遜色《そんしょく》もないと思うんだけどねぇ」

「やめてくれ。日がな一日あんな気障《きざ》ったらしい賛辞を聞かされるなんて、あまりの痒《かゆ》さに三日と一緒にいられない自信がある」

想像しただけでもむずむずするのか、ベアトリスは首元をかきはじめた。

「悪いやつではないんだがな……」とグスターボが残念そうに漏《も》らすと、ベアトリスとセシリオは「だから余計に面倒くさいんですよ」と首を左右に振ったのだった。

「それはそうと、お前たち、まだ話は終わっておらんぞ。ふたりとも、私の部屋へ来なさい」

話は終わったとばかりに屋敷へ戻ろうとしていたベアトリスとセシリオは、それはそれはいやそうな表情を浮かべてグスターボを見る。

「ベアトリスはともかく、どうして僕まで？」

「ベアトリスの傍にいながら暴走を止められなかったからに決まっているだろう」

「連帯責任というやつだな、兄様」

『セシリオ、ドンマイ』

「えぇ～」と非難の声をあげるセシリオの腕をグスターボとベアトリスがつかみ、引きずるようにして屋敷へと入っていったのだった。


ベアトリスの生家であるファウベル侯爵家は、代々アレサンドリ神国の外交を担《にな》っている。四十五年前には、海を隔《へだ》てた遠い異国ラハナと国交を結び、その功績と二つの国の友好の証《あかし》として、当時のファウベル侯爵――ベアトリスの祖父はラハナの王女と結婚した。

王族との婚姻が認められるほどの権力と歴史を持つファウベル家の屋敷は、貴族が暮らすには少々質素な屋敷だった。王都の教会のように壁や天井に金箔《きんぱく》を施《ほどこ》すこともなく、要所要所に美術品を飾ってはいても、どこかの豪商のように贅《ぜい》をつくしたりはしていない。ただ、屋敷から美術品、調度品《ちょうどひん》に至るまで、すべてが古かった。

古いということは、それだけ歴史があるということ。素材や作り手である職人が正真正銘《しょうしんしょうめい》の一流でなければ、たいていのものは歴史を刻むことなく朽《く》ちていくだけだ。つまり、ファウベル侯爵家の屋敷は、その身に刻んだ歴史こそが最大の装飾なのである。

そんな由緒《ゆいしょ》正しいファウベル家の当主の部屋は、歴史を重んじるファウベル家にふさわしい、威厳に満ちた調度品で固められていた。グスターボが腰を下ろした執務机の椅子は深く落ち着いた色合いと艶《つや》を保ち、グスターボと対峙《たいじ》するように立たされているベアトリスたちの足元の絨毯《じゅうたん》には、大輪《たいりん》の花が鮮やかさを失わずに咲き誇っている。

グスターボは机に両肘を置き、組んだ両手に額をのせて低く息を吐きだす。数瞬の間に様々な考えを巡らせ、ゆっくりと顔をあげてベアトリスを見た。

「カシーリャス家からいただいている縁談は断ることにする。ところでベアトリス、お前はあまり人の秘密を軽々しく暴露するんじゃない。無駄な敵意を向けられるぞ」

『暴露だって。これでもいろいろ気を利《き》かせて情報公開してるのにね』

『ホントにね』

「心得ております。今回は特別です」

『そうだよ、トクベツだよ！　ちゃんと誠意をもって向き合ってくれる相手なら、私たちも文句は言わないのに』

「特別って……これで何人目だと思っているんだ」

ベアトリスが白々しく肩をすくませる横で、セシリオが「七人目ですね」と答える。余計なことを言うな、とばかりにベアトリスがにらみつけると、セシリオは舌を見せておどけた。

「ベアトリス」

グスターボに非難するように名前を呼ばれ、ベアトリスは前へ向き直る。

「……仕方がないでしょう、父様。彼らが私に愛をささやく傍から、彼らの嘘を暴く『声』が聞こえてくるのだから」

「今回の隠し子騒動も、『声』が教えてくれたと言うのか？」

『私たちが教えた！』

「当たり前です。私はカシーリャス家のことなど調べまわったりしておりません」

ベアトリスがつんと顎を持ち上げて答えると、グスターボは頭痛がしてきたのかこめかみを押さえて呻《うめ》いた。

「また『声』か……。いつもいつも、まるでベアトリスの結婚を阻止《そし》するみたいに……いったい誰がお前に語り掛けているんだ」

「私に聞かれても……どこからともなく聞こえてくるので」

先ほどから姦《かしま》しいほどに聞こえてくる『声』は、信じがたいことにベアトリスにしか聞こえていない。ベアトリスからすれば、物心つくころから常に傍にあった『声』だというのに、両親も兄も使用人たちも、誰ひとりとして同じ『声』を聞くものがいなかった。

最初は子供の戯言《ざれごと》と聞き流していた両親だったが、晴れた日に傘を持って行けと彼女が言えば本当に雨が降ったり、出かける両親に道が混むからといつもと違う道を勧めてきたかと思えば、馬車の事故に鉢合《はちあ》わせしたり、台所に近づいてすらいないのにその日のおやつを言い当ててしまうなど、ことごとくベアトリスの言葉が的中したため、信じざるを得ない状態になった。

信じると決めたとたん、両親は『声』の正体が気になるようになった。しかし、ベアトリスが聞く『声』は未来予知と言っていい代物《しろもの》だ。下手《へた》に情報収集してベアトリスの力を不特定多数に知られてしまえば、その力を悪用しようと思う輩《やから》が現れるかもしれない。己の好奇心よりも娘の安全を第一に考えたグスターボは、『声』の正体を探ることを禁止したのだった。

ベアトリスとしては、この『声』は何なのか、なぜ自分にだけ聞こえるのか、知りたいという気持ちは強かった。けれど幼いベアトリスには自力で調べることができなかったし、ある程度自由が利くようになったいまも、自分の身を案ずる両親の気持ちが理解できる分、余計に動けなくなった。

聞こえてくる『声』はとても気まぐれで、いまのように騒がしい時もあれば、滅多《めった》に聞こえない時もある。どうやら、『声』の持ち主がなにかベアトリスに伝えたいことがあるときにだけ話しかけてくるらしい。

「どういうわけか、最近はひっきりなしに『声』が聞こえます。誰かが結婚を申し込んできた時なんて、とくに騒がしいのです」

それこそ、プロポーズの言葉が聞き取りづらく感じるほど、たくさんの『声』が響いてきた。どうやら『声』の主は複数いるらしく、プロポーズしてきた男がベアトリスにふさわしいかどうか議論しているようだった。その議論の過程で、今回の隠し子といった秘密が暴かれるのだ。

「というか、最近は誰しも口を開けば結婚、結婚。うっとうしいです」

「当たり前だろうが！　お前はもう十八歳なんだぞ。いい加減、いい相手を見つけてきてくれんか」

顔を真っ赤にしたグスターボの怒声と、『グスターボ、あんまり怒ると身体《からだ》に毒だよ。もう年なんだから』という声を軽く聞き流しながら、ベアトリスは隣に控える兄、セシリオを指さす。

「それは私よりも兄様に言った方がよいのでは？」

「えぇっ、ここで僕に振る？」

セシリオが大げさに驚いて見せると、ベアトリスは彼へと向き直り、両腕を組んで斜《しゃ》に構え、兄を見下ろした。

「兄様は嫡男《ちゃくなん》なのだから、いい相手を見つけて早く落ち着くべきだろう」

「そう言うベアトリスだって、声がかかるうちに相手を決めておくべきだと思うよ」

「誠実な方がいれば、すぐに決める。いつまでも覚悟も決めずにふらふらとする兄様とは違う」

「うぅわ、言ったね。僕だってこの人だっていう人が現れれば、すぐに決めるよ。結婚っていうのは縁なんだ。無理に決めようとして決まるものじゃない」

「ええい、やめんか！　まったく、お前たち兄妹はそろいもそろって……いったい、誰に似たんだ」

グスターボが疲れ果てた様子でつぶやくと、すぐさまベアトリスとセシリオは「おばあ様でしょう」「おばあ様だろうね」と口をそろえる。ついでにベアトリスの耳には『ルティファにそっくり』という声が聞こえていた。

相変わらず仲が良い兄妹に、とうとうグスターボは両手で顔を覆《おお》って長い長いため息をこぼしたのだった。


結局、子供たちの自主性を重んじるグスターボは、「お前たちがお前たちなりに考えて行動しているのであれば、私はもうなにも言うまい」と言ってベアトリスとセシリオを解放した。

『グスターボも、なんだかんだ言っても最後は子供を信じて待つあたり、ルティファにそっくりだよね』

自室へと戻るベアトリスの耳に、いつもの声が響く。『声』の言う通り、グスターボは結婚、結婚とうるさいわりに、勝手に相手を決めてしまおうとはしない。ファウベル家のような、それなりに権力を握る家柄の令嬢は、たいてい十五、六歳くらいに両親が結婚相手を見繕《みつくろ》うものだ。いま現在十九歳である嫡男セシリオに関しても、グスターボは婚約者をそうそうに決めてしまうことなく、本人がふさわしい相手を見つけてくるだろうと静観している。

グスターボが子供に対して寛容な親となったのは、やはりグスターボの母であり、ベアトリスの祖母であるルティファの存在が大きい。

ルティファは海の向こうの遠い遠い異国ラハナの王女で、国交を結んだばかりだった両国の友好の証としてファウベル家へ嫁《とつ》いできた。

ラハナは海に囲まれた島国だったため、アレサンドリと国交を結ぶまで、他国とのつながりが全《まった》くなかった。そんな閉鎖《へいさ》的な国で育ってきたルティファだが、彼女自身はとても自由な考えを持っていた。

『様々な経験を積みなさい。いろんなものを見て、感じ、そして自分で考えて判断できる人間になるのだ』

口癖《くちぐせ》のようにそう語るルティファが、ベアトリスにはとても凛々《りり》しく見えた。いまは王都ではなくファウベル家の領地で静かに暮らしているため、なかなか会うことは出来ないが、ベアトリスにとってルティファは憧れであり目標だった。

ルティファは国を守るためにファウベル家へ嫁ぎ、不平等な条約を結ばないための人身御供《ひとみごくう》になった。嫁いでからも、祖父の人脈を最大限に利用してラハナの特産品がいかに上質かを広く周知させた。その甲斐あって、特産品はアレサンドリにとどまらず、諸外国にまでとどろいている。

対して、侯爵家の令嬢であるベアトリスにできることと言えば、家同士の繋《つな》がりを強める結婚をするくらい。結婚後は子を作り家を守ることに重きを置き、夫を立てるために社交に出席しても、自ら働きかけるようなことはしない。あくまでも、動くのは夫なのである。

内助《ないじょ》の功《こう》を馬鹿にするつもりはない。妻の支えがなければ夫は社交の場でうまく立ち回れないことをベアトリスは理解している。それでも、違う気がするのだ。

「おばあ様のように、私もなにかの、誰かのために動ける人間になれるだろうか」

夫に任せきりにするんじゃない。許されるなら、ベアトリスは自分自身が動きたい。

誰に聞かせるでもなくつぶやいた独り言に、「お嬢様なら大丈夫ですよ」という返事が背後から飛んできた。足を止めて振り向けば、ベアトリス専属の護衛、フェランが栗色の瞳を細めて微笑《ほほえ》んでいた。

「少なくとも、今日の騒動でひとりの子供が助かったではありませんか」

「あれは……最低な嘘をつくあの男が許せなかっただけで……」

「だとしても、今回、その存在が公《おおやけ》になったことで、カシーリャス家は生まれた子供に対してそれ相応の対応をとらざるを得なくなりました」

「カシーリャス家が子供を引き取るとは限らないぞ？」

「確かにその通りですが、資金援助、または生活支援は行うはずです。だって、母親から職を奪って追い出したのですから。そんな非道がまかり通る家と、誰も関わりたがらないですよ」

「汚名を返上するためにも、カシーリャス家は母子を見離せない、ということか」

「そうです」とフェランは小ざっぱりと短い赤茶色の髪を揺らしてうなずいた。このフェランという男は、ファウベル家が王都に築いた孤児院出身で、剣の才能を生かしベアトリスの護衛としてファウベル家に仕えている。ロサという名の妹がおり、職員として孤児院に残っていた。

「……久しぶりロサに会いたいな。明日、孤児院へ行ってみるか」

ロサとベアトリスは同じ年ということもあり、とくに仲が良かった。フェランとロサはよく似た兄妹で、彼と一緒にいるとときおり無性にロサに会いたくなるのだ。

ベアトリスのいつものわがままを、フェランは常に笑顔で受け止めていたのに、今回は珍しく僅《わず》かながら表情をひきつらせた。

「どうした？　なにか孤児院の方で用事があるのか？」

「……いえ、そういうわけではないんですけど。さっきアドルフォ殿がおっしゃっていたでしょう。貴族令嬢の誘拐《ゆうかい》事件が起こっていると。そんな状況で、迂闊《うかつ》に出歩くのはいかがなものかと」

フェランの懸念《けねん》を、ベアトリスはふんと鼻で笑って「心配ない」と一蹴《いっしゅう》する。

「なにがあろうと、お前が守ってくれるだろう？」

フェランはベアトリスの専属護衛に収まっているものの、その腕は近衛《このえ》騎士にも引けはとらない。実際、グスターボはフェランを近衛騎士団へ推薦《すいせん》しようとしていた。それはファウベル家に仕えたいというフェランの意思により見送られたが、今夜だって、フェランが傍にいたのだからアドルフォなど必要なかったのだ。

ベアトリスの全幅の信頼を真正面から受け止め、フェランは面食らった表情を浮かべた後、「仕方のない人ですね」と気恥ずかしそうに顔を緩《ゆる》めた。

「あなたのことは、私の命に代えてもお守りしますよ」

「頼むぞ。だが、命は捨てないでくれ。お前になにかあればロサが悲しむ」

フェランとロサは、本当に仲の良い兄妹だ。ベアトリスとセシリオも仲が良いと周りによく言われるが、フェランとロサには到底及ばない。幼くして両親を亡くし、兄妹で身を寄せ合って互いが互いを支えて生きてきたふたりの絆《きずな》は、なにものにも断ち切れないほど強い。

「そうおっしゃるなら、少しは自重してくださいませんかね」

フェランは片方の口の端を持ち上げて皮肉気に笑う。ベアトリスは「考えておく」と言ってつんと顎《あご》をそらした。

翌日の午後、ベアトリスは予定通り孤児院へと向かった。

フェランと侍女《じじょ》を連れて馬車に乗り込んだベアトリスだったが、目的地に到着する前に馬車を降りてしまう。というのも、目的地である孤児院の周りは、馬車が通れるほど道幅がないからだ。

一言に王都と言っても、豪壮《ごうそう》な屋敷が建ち並ぶ貴族街もあれば、市場や宿が固まる商業街、工房と職人の自宅が隣接する職人街など、大まかではあるがいくつかの区域に分かれている。その中には、ならず者や生活に困窮《こんきゅう》する人々が寄り集まって暮らす区域もあった。ファウベル家が運営する孤児院は、そんな場所に存在した。

馬車を降りたベアトリスは、フェランの後ろを侍女とともに歩く。この辺りはまだ馬車一台なら通れそうな道幅だが、孤児院に近づくにつれ狭くなり、孤児院の周りは人がやっと行き来できるくらいの細い路地ばかりとなる。周りを囲う景色も住居からただ雨や風をしのぐための建造物へと変わっていく。ひとつひとつの家の境界があやふやで、ベアトリスにはいったいどこにどれだけの人が潜んでいるのか、まったく見当もつかなかった。

そんな少々物騒な区域に入るため、ベアトリスはいつものドレスを脱ぎ捨ててレースやフリルといった飾りのない、シンプルなワンピースを着ていた。黒髪はひとまとめにして帽子をかぶり、つばを伸ばすようにリボンを下ろして顎で結べば、大きめのつばが顔周りを覆い隠してくれる。一緒に行動するフェランや侍女も、ベアトリスと同様に質素な服装だった。

馬車を降りてから孤児院まで、いつも同じ道を通るわけではない。治安がいいとはお世辞《せじ》にも言えない区域なので、下手《へた》に覚えられて待ち伏せされないよう、いくつかのルートから無作為に選んで歩いていた。

そこまで警戒が必要な区域ではあるが、何度となく孤児院を訪れて、危険な目にあったことなど一度もなかった。ゆえに、ベアトリスはどこか油断していたのかもしれない。

「お嬢様」

前を歩くフェランが、歩調も体の向きも変えないまま、声を絞《しぼ》って話しかけてくる。普段とは違う態度に異変を察したベアトリスが小さく「なんだ」と答えると、フェランはやはり前へ歩を進めたまま口を開いた。

「背後から、何者かがつけております。私が合図をしましたら、走り出してもらえますか」

ベアトリスは振り向きそうになるのを必死にこらえ、「わかった」とだけ答える。歩調はそのままにしばし歩き、このあたりでもとくに細く入り組んだ区域に潜り込んだところで、フェランが「走って」と合図を送った。

声と同時に駆け出したフェランの背中を追い、ベアトリスと侍女も走り出す。背後で男たちの怒声が響き、ベアトリスは追手の存在を実感して背筋が凍った。

無秩序にひしめく家屋の間を走っているため、細い路地は不規則に曲がりくねっている。角を曲がるたびに背中を見失うからか、追手の足音が次第に遠ざかるのが分かった。

「こちらへ！」

追手の足音が聞こえなくなったところで、フェランがとある家屋へベアトリスを誘導する。

玄関扉代わりのカーテンを潜り抜けて中へ入ると、むき出しの地面に壁を立て、屋根をかぶせただけの屋内は、倉庫なのか大きな木箱がいくつも積み重なっていた。

「ここは？」

「ファウベル家が所有する家屋です。万が一襲撃を受けた際、身を隠せるよう、いくつか空き家を確保してあるんです」

「なるほどな。倉庫のように見えるのは、偽装か」

「はい。ただの空き家だと、誰かが勝手に住んでしまうので」

カーテンの向こう側を気にしながら、フェランは侍女に目線だけで合図をする。それを受けた侍女は黙ってうなずき、ベアトリスに一言断ってから彼女の帽子を外した。

「いまから私は、お嬢様の帽子を被《かぶ》った彼女とともに外へ出て、追手を引き付けます。お嬢様は木箱の裏に身を潜めてお待ちください。ひとりで取り残されるのは不安だろうと思いますが、奴らを完全にまいたら必ず迎えにきます」

フェランの説明に侍女は心得ているとばかりに頷き、ベアトリスから預かった帽子を被ってしまう。ゆるぎない覚悟のこもったまなざしのふたりを見て、ベアトリスは大きく頭を振った。

「だが、それだとお前たちが危険だろう!?」

「私はお嬢様の護衛です。心配いりません。どうか私を信じて、ここで待っていてください」

「ご心配には及びませんよ、お嬢様。フェランは近衛騎士に推薦されるほどの実力者。絶対に負けません」

こんな緊迫した状況だというのに、フェランと侍女は朗《ほが》らかに笑って見せる。その笑顔があまりに温かで、ベアトリスはふたりの気持ちにこたえようと、ぎこちないながらも微笑んでみせた。

侍女に促され、部屋のところどころに積みあがる木箱の裏へベアトリスが身体《からだ》を潜り込ませると、フェランと侍女はカーテンの向こう側へ飛び出していった。

耳を澄ましてふたりの足音を聞いていたベアトリスだったが、やがて響きだした男たちの大声に驚き、思わず両手で耳をふさいだ。喧騒《けんそう》や足音が遠ざかっていくと、ベアトリスは両手を握りしめて光の神に祈る。

「光の神様……どうか、どうか、あのふたりをお守りください」

危ないとフェランは忠告していたのに、それを無視して今日の予定を押し通したのはベアトリスだ。なのに、元凶である自分が守られるだけなんて。そんな自分が情けなくて悔しくて、ベアトリスの目元に涙がにじんだ。

いつもベアトリスに様々なことを教えてくれる『声』たちが、今日はやけにおとなしい。こういうときこそ、いろんな情報を与えてほしいのに。せめて、フェランたちの様子を知ることは出来ないだろうかと、ベアトリスが『声』の主へ問いかけようとした、そのとき。

『ベアトリス、逃げて!』

頭の中に、声が響いた。いつもの明るく弾んだ声ではなく、鬼気迫る声色だった。組んでいた両手を下ろして天井を仰《あお》いだベアトリスに、さらなる声が届く。

『早く、早く、ここを出て！』

『ここ、危ない。あいつらが来る！』

「あいつら？　あいつらって、さっきの男たちのことか？」

どういうことだろう。フェランたちを追いかけているはずの男たちがこちらへ向かっているということは、ふたりが捕まったのだろうか。

ベアトリスは不安に駆られて立ち上がる。玄関まで移動し、カーテンに触れようとして、その手をひっこめた。

もしもフェランたちが捕まっていて、ベアトリスがここにいないと男たちが知ったら、フェランたちはどうなるだろう。そう考えたとたん、ベアトリスの頭にロサの顔が浮かんだ。

高い位置でひとまとめにした赤茶色の髪をなびかせ、栗色の瞳を優しく細めて幼い子供たちの面倒を見る、ロサ。

大切な友人の兄を、自分のせいで失うわけにはいかない。

ベアトリスは前をにらみつけ、ひっこめたまま下ろすことすらできなかった手を伸ばしてカーテンをひっつかむ。

「このまま私が捕まるわけにはいかない。フェランたちを助けるために、力を貸してくれ！」

つかんだカーテンを思い切り引っ張り、扉からはがす。ただの大きな布となってしまったカーテンをベアトリスはローブのように頭からかぶった。

『大丈夫、ベアトリスは私たちが守るから』

「私はお前たちを信じている。だから、誰か力になってくれる人のもとへ連れていってくれないか」

『大丈夫、心配ない』

『もう呼んだ。味方、こっちに来てる』

「呼んだ？　私以外にも、お前たちの『声』を聞くものがいるのか？」

ベアトリスの心臓が、ドキリとはねる。彼らの『声』が聞こえる人間など、いままでひとりとして出会ったことがなかったから。

『もうすぐ会える。でもここ危険』

『すぐに移動して。案内するから』

自分と同じ人間に会える。そう思うと、非常事態だというのにベアトリスの胸に期待が湧き上がった。

その人はいったいいつから『声』を聞いているのだろう。ベアトリスと同じくらい、頻繁《ひんぱん》に『声』を聞くのだろうか。

いくつもの問いが頭に浮かんだが、一番に聞きたいことがある。

その人は、この『声』の正体を知っているのだろうか。

『ベアトリス、早く。こっち！』

『声』に急《せ》かされたベアトリスは、場にそぐわない考察を捨て、安全地帯だと思っていた倉庫から飛び出す。ざっとあたりを見渡してみたが、人影は見えない。ベアトリスを守ろうとおとりになってくれたフェランを思うと、ここから動くことに抵抗があった。けれど、このままのうのうと捕まるわけにはいかない。

「どっちへ行けばいい。案内してくれ」

『こっち、右！』

『声』の導くままに、ベアトリスは歩を進めたのだった。


細く入り組んだ道を、ときおりこの地で生活している人たちとすれ違いながら進んでいく。彼らは皆、目の前のことに必死で、誰もベアトリスに見向きもしない。ベアトリスも、自分の生活だけで精一杯なのであろう彼らに助けてくれとは頼めず、『声』に従ってひたすら前へと進んだ。

『ここ、曲がって』

指示に従い、ベアトリスは角を曲がる。そこは家と家との間にわずかに生じた隙間《すきま》らしく、奥へ進めば進むほど散乱する荷物や木片などが道をふさぎ、やがて行き止まった。ただ、家と家との隙間ゆえに外からは道があることすらわかりにくく、とても薄暗いため、奥にいれば影にまぎれて見えないだろう。

「精霊たちが助けろ、と言ったのは、君のことでいいのかな？」

置いてある木材などをなんとか動かして奥へ進めないだろうか、と試行錯誤《しこうさくご》していたベアトリスの背中に、聞き覚えのない男性の声がかかる。慌てて振り返ったベアトリスは、声をかけて来た人物を見て、唖然《あぜん》とした。

路地の入口をふさぐように立つ、ひょろりと背が高い男は、上から下まで真っ黒だった。それは男がベアトリスの髪のような漆黒《しっこく》のローブを纏《まと》っていたからで、フードを被っているため顔が半分ほど隠れてしまっていた。

「ベアトリスというお嬢さんに危険が迫っているから、助けてあげてほしいと精霊に頼まれてここに来たんだが」

目を見開いたまま、ベアトリスが「せ、精霊？」と口にすると、黒ずくめの男は「おや？」と首を傾《かし》げた。

「もしや、人違いだったのかな？」

『人違い、違う！』

『ベアトリス、びっくりしてる！』

『顔を隠した男、不審者！』

いつもの声が響き、ベアトリスははっと我に返る。すると、目の前の男も「あぁ、そういやそうだね」と頷き、フードを下ろした。

黒いフードの下から飛び出したのは、まばゆい金色。薄暗い路地裏でも十分に存在を主張して輝く金の髪は、風もないのにふわふわと揺れて思わず指を通したくなる。そして、ベアトリスを見つめる瞳は、雲ひとつない快晴の空。長い金のまつげに縁《ふち》どられた目は優しく、初対面だというのに、見るものの警戒心をほどく不思議な引力があった。

「初めまして、お嬢さん。僕はエイブラハム・ルビーニと申します」

「エイブラハム…………ルビーニ!?」

ルビーニと聞き、ベアトリスは漆黒の瞳をさらに大きく見開いた。そのまま目の前の男――エイブラハムを上から下までまじまじと見つめ、納得する。まるで物語に出てくる魔法使いのような漆黒のローブ姿。

まさしく、ルビーニ家の魔術師の格好だった。

アレサンドリ神国は、光の神を祖先に持つ王族が治める国だった。当然、国民が崇《あが》め奉《たてまつ》るのは光の神である。

そんな国の中で、闇を好む者たちがいた。それがルビーニ家をはじめとした魔術師たちだ。

魔術師たちは闇の精霊という、存在するのかしないのか不確かなものを尊《とうと》んだ。それは光を愛するアレサンドリ神国民にとってあまり好ましい思想ではない。ゆえに、アレサンドリ神国において魔術師は関わり合いたくない存在だった。

その魔術師の頂点ともいえる一族、ルビーニ家の男が、どうしてベアトリスを助けに現れるのか。

ぶしつけと分かっていながらついついエイブラハムを指さして、ベアトリスが口をはくはくさせていると、その様子をじっと見守っていたエイブラハムが、不意に視線を横へずらした。

『エイブラハム、ベアトリスを助けてあげて』

『ベアトリス、追われてる。追手、この辺りをうろうろしてる』

「追手か……そういえば、ここへ来るまでに慌ただしく走り回る男を何人か見たな。あれかい？」

追手と聞いて身を強張《こわば》らせるベアトリスの傍で、『そう、そいつら！』と『声』が同意する。

「ふむ……だったら、彼女を家まで送り届ければいいのかな？　そのきれいな黒い瞳は、ファウベル家のお嬢さんだよね」

「そ、そうだ。私は、ベアトリス・ファウベル。ファウベル侯爵の長女だ」

ベアトリスはかぶっていた布を外し、膝を折って軽く礼をする。それを見たエイブラハムは感心した。

「噂《うわさ》には聞いていたけど、本当に見事な黒目黒髪だね。闇の精霊に愛されるのもうなずけるよ。

しかも、『声』が聞こえるみたいだし」

「『声』……というのは、どこからともなく響いてくる声のことか？　その、いまも、お前に状況を説明している……」

　ベアトリスは、ついつい期待のまなざしでエイブラハムを見つめてしまう。ずっとずっと知りたかった『声』の正体を、この男は知っているのだから。

　しかし、ベアトリスの密かな興奮に気づきもしないエイブラハムは、「そうだよ」と味気なく肯定した。

「とにかく、いまは君を屋敷へ送り届けないとね。このまま出歩けば奴らに見つかるだろうし。まぁ、見つかったところでとくに問題はないんだけど」

「ある、大ありだ！　私が捕まってしまっては、フェランたちに申し訳が立たない」

「フェラン？　あぁ、君を隠したっていう護衛のことだね。安心しなよ。君の護衛と侍女《じじょ》は追手に捕まっていない」

「え？」と、ベアトリスは目を丸くして固まる。どこからともなく『フェラン、無事～』というのんびりとした声が響き、ベアトリスは張りつめていた糸が切れたように脱力した。

「そ、そんな……フェランが捕まっていないのなら、どうしてあの場所がばれたんだ？」

「さぁ？　僕には詳しいことはわからないよ。ただ、精霊たちが危険だと話したのなら、その場所は本当に危険だった。それだけは言い切れる。彼らは嘘をつかないからね」

エイブラハムの言う通り、聞こえてくる『声』はときおりまさかと思うようなことを口にするけれど、一度として間違っていたことはない。だからこそ、ベアトリスは言い寄ってくる男たちの秘密を迷わず暴露できるのだ。

口もとを引き結んで考え込むベアトリスに、エイブラハムは自分が着ていたローブを着せ始めた。

「おい、いったいなにをしている？」

「なにって、偽装工作さ。こうやってローブをかぶってしまえば黒髪も目立たないでしょう？」

「確かにそうだが……これでは違う意味で悪目立ちするんじゃないか？」

エイブラハムのローブを纏ったベアトリスは、彼へ向けて両手を広げる。その手は長い袖《そで》に隠れ、足元に至っては裾《すそ》を引きずっている。ただでさえ魔術師というのは人目を引くのに、こんな不自然な格好ではむしろここにベアトリスが隠れています、と主張しているようなものだった。

エイブラハムも納得したのだろう。顎《あご》に手を添えて「ふむ……」と考え込んだと思ったら、「そうだ」と両手を叩いた。

「すみません、そこの方。こちらは、ファウベル家のお屋敷でしょうか?」

ファウベル家の門の端に立つ樹木の剪定《せんてい》を行っていた庭師は、かけられた声に「そうですよ」とにこやかに答えながら振り向き、口をあんぐりと開けて固まった。

太陽の化身かと思うほど見事な金の髪をなびかせる、やたらと背の高い男が、何やら巨大な黒い布袋を肩に担《かつ》いで立っていた。いったい何が入っているのか、人ひとりくらいならすっぽり包めるんじゃないかというほど大きな袋を、しかし男は軽々と担いでいる。

「あぁ、よかった。ちょっと、お届け物があるんですよ。この門を開けていただけませんか?」

男は安堵《あんど》のため息をついて微笑《ほほえ》む。細められた青い瞳から、吸い込まれるように目がそらせない。口を間抜けに開いたままうんともすんとも答えない庭師を、男は自分を不審がっているととったのだろう。困ったふうに眉《まゆ》を下げて、自らの身分を明かした。

「いえ、不審者じゃありません。僕はエイブラハム・ルビーニ。ルビーニ伯爵家の当主です」

「ル、ルルルルビーニ家!?」

ルビーニ家といえば、有名な魔術師一族のことだ。そして優秀な薬師《くすし》でもある。魔術師は昼も夜も季節も関係なくローブを着込み、ほとんど出歩かないと聞いていたのに、どうしてファウベル家へ、しかもわざわざローブを脱いでやってきたのだろう。

様々な疑問が浮かび、困惑しながらも、庭師はそれを判断するのは自分ではないとわきまえている。とにもかくにも、旦那様《だんなさま》にお知らせしようと屋敷の中へと引っ込んだのだった。


玄関の広間にて、黒い袋――改め、エイブラハムのローブから解放されたベアトリスは、目の前で驚愕《きょうがく》の表情を浮かべるグスターボに対し「ただいま戻りました」と言った。

「ベアトリス!?　お前はいったい、どうして……孤児院へ向かっていたのではないのか!?」

「その途中で、何者かに追われたのです。フェランは私を隠して自らおとりとなったのですが、しばらくしていつもの『声』がそこは危険だから逃げろと言い出して……」

「それで、その場を動いたのか!?　追手がうろついているかもしれないのに!?」

「危ないと『声』が言ったのです。だったら、留まるなど出来ません。彼らが嘘をつかないことを、父様もご存じでしょう。彼らは追手に見つからないよう、私を導いてくださいました。おかげで、このエイブラハム様にお会いできたのです」

勝手に動いたベアトリスを叱《しか》りたいのに、『声』を理由にされてはグスターボは何も言えず、複雑な表情で押し黙る。しばしの間のあと、グスターボはどこかあきらめたように頭を振って、エイブラハムへと視線を向けた。

「エイブラハム殿、このたびは、我が娘を助けていただき、感謝の言葉もございません。本当に、ありがとうございました」

「いえ、僕はただ、精霊に頼まれただけですので」

「精霊……ですか？」

「ええ。普段、彼らの知識を借りて薬を作っている身ですので、彼らの願いは叶えるようにしているんですよ。それがたまたま、あなたの娘さんを助けることだったというだけです」

「いや、しかし……」と戸惑うグスターボへ、エイブラハムは「では。僕はこれにて」とすげなく返し、さっさと背中を向けてしまう。ろくなお礼もせずに帰すわけにはいかないと思ったベアトリスは、大慌てでエイブラハムを追いかけるが、無情にも玄関扉は彼女の目の前で閉まった。出るに出られなくなったベアトリスは、グスターボへと振り向く。

「父様、どうしてそのまま帰してしまったのですか？　恩義を受けた相手にはきちんとしたお礼をするようにと、普段からおっしゃっていたじゃありませんか。いまがその時ではないのですか？」

「確かにそうだが……相手はルビーニ家だ。むやみに関わってはならぬ」

「それは、彼らが魔術師だからですか？　確かに、魔術師は闇の精霊を尊《とうと》んでいます。ですが、光の神を冒瀆《ぼうとく》しているわけではないと、他ならぬ父様が教えてくれたではありませんか！」

「そうだ。魔術師は教会が吹聴《ふいちょう》するような異教徒ではない。だが、無責任に関わっていい相手でもない。とにかく、向こうが望んでいない限り、我々から近づいてはならん。この話は以上だ」

「父様！」

納得できないベアトリスの声を無視して、グスターボは玄関広間から去ってしまった。取り残されたベアトリスは、悔しさとふがいなさからその場で地団駄《じだんだ》を踏む。そんな彼女に、『ベアトリス、気にしないで』『グスターボ、魔術師を嫌っているわけじゃないよ』となだめる声がいくつも響き、なんとなく居心地の悪さを覚えたベアトリスは腹立たしさをため息で吐きだした。

「ベアトリス様！」

呼び声とともに、ベアトリスの背後で玄関が開け放たれる。屋敷へ飛び込んできたのは、血相を変えたアドルフォと、無事な姿のフェランと侍女だった。

「ベアトリス様、誘拐《ゆうかい》未遂《みすい》にあったと聞きました！　お怪我《けが》は!?」

「フェラン！」

心配するアドルフォの横を素通りして、ベアトリスはフェランと侍女のもとへと駆け付ける。特にケガもせず、しっかりと立つふたりを見て、ほっと胸をなでおろした。

「よかった。ふたりとも、無事だったんだな」

『ね、心配ないって言ったでしょ。私たち、嘘つかない！』

『声』の言う通りだと安堵の笑みを浮かべていると、フェランが「それはこちらのセリフです！」と眉を吊り上げた。

「ベアトリス様、どうしてあの場にいてくださらなかったのですか？　後で迎えに行ったとき、あなたの姿が見当たらなくて、本当に生きた心地がしなかったんですよ」

「すまない。追手にあそこが見つかったから、慌てて逃げたんだ」

「追手が!?　そんな……怪我《けが》などはしていませんか？」

顔色を悪くするフェランたちに、ベアトリスは「大丈夫だ」と笑みを浮かべた。

「追手に見つかる前に何とか逃げ出して、たまたま出くわしたエイブラハム・ルビーニに助けてもらった。ほら、傷ひとつないぞ」

本当は『声』がいち早く知らせてくれたのだと説明したかったが、この場にはアドルフォもいる。ファウベル家の人間以外に、『声』のことは秘密だった。

ベアトリスの核心をぼやかした話に、無視されてからずっと黙っていたアドルフォが「ルビーニ家？」と口を挟んだ。

「エイブラハム・ルビーニは、滅多《めった》に屋敷から出てこないひきこもりだと聞いています。実際、社交の場に現れたことすらありません。そんな人物が、どうしてそんな場所に？」

「なんでも、精霊に呼ばれたそうだ」

「精霊？　ベアトリス様は、それが本当だと？」

「本当でなければ他にどんな理由があるんだ？」

「あなたに近づこうとしたのかもしれません」

ベアトリスは思わず「はぁ？」と淑女《しゅくじょ》らしからぬ声をあげてしまった。彼女の耳もとでは『アドルフォ、意味不明！』『エイブラハム、嘘つかない！』という声が響いている。

抗議の声が聞こえないアドルフォは、真面目《まじめ》な顔で首を縦に振り、ベアトリスの両手をとった。

「追われるあなたの前に、まるではかったかのように現れるなんておかしいです。そもそも、その追手すらエイブラハム・ルビーニの手のものかもしれない」

『そんなわけないじゃん。エイブラハムは私たちが呼んできたの！』

全《まった》くもって『声』のおっしゃる通りだったが、残念なことにアドルフォにその声は聞こえていない。アドルフォはベアトリスの両手を握ったまま膝をつき、まるで神に祈りを捧げるかのようなきらきらと輝くまなこで見上げてきた。

「ベアトリス様、あなたの美しさは男たちをすべからく惑わすのです。ずっとひきこもっていた魔術師があなたの存在を知り、手に入れようと画策したってなんら不思議ではありません」

「……くだらない。私を屋敷まで無事に届けてくれた恩人に、なんてひどいことを言うんだ。見損《みそこ》なったぞ、アドルフォ」

あまりに下劣《げれつ》でお粗末《そまつ》な推測に、ベアトリスはアドルフォの手を振り払って背を向けた。アドルフォが魔術師だなんだと言いがかりをつけてくる奴だったとは、思いもしなかった。

ベアトリスの失望と怒りを敏感に感じ取ったのか、アドルフォは「申し訳ありません」とべアトリスの背中に言いつのる。

「ベアトリス様を救ってくださった恩人に対し、あまりに失礼なもの言いでした。私はただ、あなたを心配しているのです。言ったではありませんか、最近は貴族令嬢を狙った誘拐事件が起こっていると」

「確かに……言っていたな」

「それが分かっているなら、どうして護衛をひとりしか連れずに外を出歩くのです。しかも、あの辺りは王都でも治安が悪い地域ですよ?」

何やらお説教が始まったため、ベアトリスは「ええい、うるさい！」と振り向く。

「無事だったのだからもういいだろう！　とにかく、エイブラハム・ルビーニは私の恩人だ。それは間違いない。よって、私は明日、ルビーニ家へ改めて礼を言いに行こうと思う」

「んなっ!?」と驚くアドルフォを押しのけ、フェランと侍女が「私もご一緒させてください」と同意する。

「お嬢様を守ってくださった恩人です。私からも、ぜひ感謝の気持ちを伝えたいのです」

「私からも、ぜひお礼を。そうですね、明日の朝からお菓子を焼いて持って行きましょう」

「そうだな。我が家の焼き菓子は甘いものが苦手な人にも好まれる」

『エイブラハム、甘党！　お菓子、絶対大喜びだよ！』

和気あいあいと、明日の予定を考えるベアトリスたちに、驚愕から立ち直ったアドルフォが割って入った。

「私もご一緒します！　そのエイブラハム・ルビーニという男が信頼できる男なのか、私がこの目で確かめましょう」

『えぇ～、いらない。アドルフォ、余計なお世話』

　ベアトリスも全く同じ気持ちだったが、アドルフォの気迫を見るに断ることは難しいだろう。

ベアトリスはそれはそれは面倒くさそうにため息をこぼした。

「ついてくるのは構わないが、お前、仕事はいいのか？」

「大丈夫です。上官より、我らが女神に余計な虫がつかないよう警護せよと特命を受けております！　ベアトリス様にふさわしい男が現れるまで、虫駆除《くじょ》はこのアドルフォにお任せを！」

「よし、上官の名前を教えろ。私自らげんこつをお見舞いしてやる」

「あぁっ、殴《なぐ》るなら、上司ではなく私を……！」

「うぎゃっ、気色悪い！　フェラン！」

「天誅《てんちゅう》！」

　頬《ほお》を染め、期待のこもったまなざしでベアトリスを見つめるアドルフォの額に、フェランは容赦《ようしゃ》なく鞘《さや》に納めた剣を振り下ろした。近衛《このえ》騎士相手にたかだか貴族の護衛が手をあげるなど、不敬《ふけい》極まりない事態ではあるが、今回はアドルフォに全面的な非があると自覚しているのだろう。アドルフォは殴られた額を押さえて「取り乱しました、申し訳ありません」と素直に謝った。

「そもそも、どうしてアドルフォがフェランたちと一緒にいるんだ?」

ベアトリスが不満たっぷりに問いかけると、フェランは決まり悪そうに頭をかきながら「それが……」と答える。

「お嬢様が行方《ゆくえ》不明になったと思った私が、王都警備兵に通報したのです」

「それに関しては、心配をかけてすまなかったな。だが、アドルフォが所属するのは、近衛騎士団だろう」

「ベアトリス様に何かが起こったときは、すぐに私に知らせるよう、王都警備兵の同僚に頼んであるのです」

「それって、職権濫用《しょっけんらんよう》にならないのか?」

「女神を守るためなら、使えるものはすべて利用します!」

相変わらずなアドルフォに、ベアトリスとフェランは疲れた表情で嘆息《たんそく》したのだった。

「ところでお嬢様、エイブラハム・ルビーニというお方はどのような方だったのですか?」

ベアトリスがアドルフォの放置を決めたところで、静観していた侍女が口を開く。

「何者かに追われるベアトリス様の目の前に現れるとは、まるでロマンス小説のワンシーンのようではありませんか。しかも魔術師だなんて、ミステリアスで素敵です!」

侍女は目を生き生きと輝かせながら、両手を握りしめてどこか彼方《かなた》を見つめた。排他《はいた》的な考えに傾きがちな貴族と違い、一般市民にとって魔術師はおおむね無害な存在と認知されている。それをベアトリスは知識として知っているが、ミステリアスで素敵などと評価するのはこの侍女くらいだろう。

「どんな男かって……見事な金髪だったな。くせ毛なのかふわふわ波打って、まるで物語の天使のようだった。背も高くて……アドルフォよりも高いと思うぞ」

いまこの場にいる人間の中で、アドルフォの背が一番高かった。けれど、エイブラハムはそれよりも頭半分くらい高い気がする。

「金の髪だなんて、まさにロマンス小説のヒーロー！　で、他には？」

「そうだな、透き通った空色の瞳が、とても優しそうだった。話し方もゆっくりというか、おっとりというか。とにかく初対面なのにとても話しやすい男だった」

あれでルビーニ家の当主というのだから驚きだ。あんなほんわかとした雰囲気《ふんいき》で、魑魅《ちみ》魍《もう》魎《りょう》がうごめく社交界を渡っていけるのだろうか――と考えて、ベアトリスは気づく。そういえば、ルビーニ家は社交に参加しないことで有名だった。

「優しい雰囲気の方なのですね。それでそれで、どのようなお顔立ちを？　美形であれば言うことなしなのですが」

「顔立ち……」とつぶやいて、ベアトリスは押し黙る。

「背が高くて、見事な金の髪と空色の瞳が優しそうな……」

「それは先ほど聞きましたね」

フェランに突っ込まれ、ベアトリスは「えーと」とこぼして両腕を組み、眉根《まゆね》を寄せる。

「せ、背が高くて……金色の髪がきらきらと……」

「ですから、すでに伺《うかが》っております」

侍女にまで突っ込まれ、ベアトリスはとうとう押し黙ってしまった。そんな彼女の様子を見て、フェランがおずおずと問いかける。

「……もしや、エイブラハム・ルビーニのお顔を覚えていないと？」

「まったく顔が思い浮かばん」

ベアトリスは真面目な顔で言い切り、フェランと侍女は驚きの声をあげた。

「恩人のお顔でしょう!?　どうして忘れたりするんですか！」

「つい先ほどまでお顔を合わせていらしたではありませんか!?　相手の顔を覚えられないというのは貴族として致命的ですよ、お嬢様！」

フェランと侍女に強く非難されたベアトリスは、「仕方がないだろう！」と反論する。

「金の髪とやたらと高い身長ばかりが目について、顔つきなんてこれっぽっちも印象に残らなかったんだ！」

『エイブラハム、平凡顔！』

『おっとりさん！　だから余計に印象に残らない！』

　ベアトリスの意見に、いつもの『声』たちも賛同してくれている。しかし悲しいかな、アドルフォがいるためフェランたちに賛同者がいると説明することは出来なかった。

「とにかく！　明日ルビーニ家へ向かうんだから、エイブラハム・ルビーニの顔なんて好きなだけ見られるだろうが！」

「それはそうですけど……」と、フェランたちが無理矢理納得しようとしていると、ずっと聞き手に回っていたアドルフォが突然笑い出した。

「ふふふっ、ふははははははは！　顔も覚えていただけないなんて……エイブラハム・ルビーニ、恐るるに足らず！」

「恐れていたのか？」

「いえ、お嬢様、それは違うと思います」

「ベアトリス様、ご安心ください！　このアドルフォ・シントラ。エイブラハム・ルビーニの魔の手から、必ずあなたを守り切って見せましょう。明日はあなたに指一本触れさせませんー！」

「いや、だから、相手は恩人だと何度言ったら……」

「それでは、今日はこれにて失礼いたします」

　ベアトリスのまっとうな主張にひとつも耳を傾けず、アドルフォはひとりで完結して屋敷を去ってしまった。

玄関扉が閉まるさまを見つめながら、ベアトリスは言う。

「近衛騎士団とは、あんな奴ばかりなのか？」

「さすがに、そんなことはないかと……」

『アドルフォの部隊は、みんなベアトリスを崇《あが》めてるよ！』

『類は友を呼ぶって言うよね！』

「残念ながら、あいつが所属する部隊はあんな奴ばかりだそうだ。『声』が教えてくれた」

「そうですか。入団せずに正解でした」

ベアトリスとフェランは、扉を見つめたままゆっくりと深く頷いたのだった。


アドルフォと別れた後、ベアトリスは自室に料理人を呼び、明日の手土産《てみやげ》について相談することにした。

「やぁ、ベアトリス。エイブラハム・ルビーニに会ったんだって？」

料理人とどの焼き菓子がいいか話し合っていると、部屋にセシリオがやってくる。ベアトリスはエイブラハムに会う前、何者かに追われていたのだが、どうやら血のつながった兄であるはずのセシリオは妹の心配はしていないらしい。若干《じゃっかん》、心がもやっとしたが、無傷で助かっているため主張できなかった。

「会った。だが、残念ながら顔を覚えていない。どんな奴だったか、教えてあげられないぞ」

「そうだろうね。エイブラハムと初対面《はつ》した人間は、大体彼の高い身長か、きらっきらの金髪くらいしか覚えていないもの」

空色の瞳や、柔らかな語り口なども覚えているぞと思ったところで、ベアトリスは目を丸くした。その言い方だと、まるで何度もエイブラハムに会ったことがあるみたいだ。ベアトリスの内心を察したセシリオは「顔見知りだよ」とさらりと答えた。

「僕とエイブラハムは友人だからね」

「友人!?　兄様とあいつが!?　いったいどこで知り合ったんだ」

セシリオの交友関係が広いと知ってはいたが、まさかエイブラハムとまでつながっていると は思わなかった。ふたりのどこに接点があるのか、どんなに考えてもわからない。

「僕とエイブラハムはね、家庭教師が一緒だったんだ。で、エイブラハムは僕より五つ年上なんだけどね、先生がことあるごとに僕とエイブラハムとを比較するんだよ」

「比較?　それは、その……エイブラハムより出来がいい、とかか?」

ベアトリスが当惑しながらも問いかけると、セシリオは首を左右に振って「反対」と答える。

「僕の方が出来が悪いんだよ。先生にね、いつもこう言われたのさ。エイブラハム様が同じ年頃だったときは、これくらいお手の物でしたよ。ってね」

「それはちょっと、意外だな」

ベアトリスの中でセシリオは『出来のいい兄』だった。勉学はもちろん、剣の腕もたち、社交界で生きるためには必須《ひっす》である話術もうまく、将来ファウベル家を背負って立つ者として、着々と人脈を広げていた。

そんなセシリオより優秀と評価されるエイブラハムとは、いったいどんな超人なのだろう。

「あんまりエイブラハムエイブラハムって言うからさ、いったいどんな奴なのか、見に行ったんだよね」

「見に行ったって、屋敷へ押しかけたのか!?」

セシリオは「じゃなきゃ会えないでしょ」と肩をすくめる。

「もう十年も昔の話になるのか。屋敷を抜け出して、ひとりでルビーニ家まで行って、馬鹿正直に正面から入っていったな。エイブラハム・ルビーニに会いに来ました〜、ってね」

「それで、向こうはどんな対応を？」

「不思議なことにね、僕が来るのが分かっていたみたいなんだよ。本当に来たんだね、て言われたなぁ。まるでベアトリスみたいだよね」

鋭い指摘に、ベアトリスの胸がはねる。エイブラハムはベアトリスと同じように『声』が聞こえる。彼はそれを精霊と呼んでいたけれど、ずっと迷信だと思っていた存在と、まさか自分が交流していたなんて、いまだに信じられない。

「エイブラハム・ルビーニとは、どんな男なんだ？」

「優しい男だよ。優しすぎて、つらい」

「つらい？」

　優しすぎてつらいとは、いったいどういうことだろう。そもそも、一緒にいてつらくなる相手を、はたして友人と呼べるのだろうか。

　聞き返すベアトリスに、セシリオは笑う。まるで過去をあざ笑うかのような、冷たい、悲しい笑みだった。

「ののしってくれた方がずっと楽なのに、エイブラハムはそんなことはしないんだ」

「なにか怒らせるようなことをしたのか？」

「……したよ。取り返しのつかないことをね。なのにエイブラハムは僕を責めなかった。なにも言わなかった。それがつらくて、一緒にいられなくなったんだ」

　セシリオはベアトリスから顔をそらし、どこか遠くを見つめて語る。視線の先に思い浮かべているのは、エイブラハムだろうか。

「兄様は……エイブラハムとの関係を修復したいのか？」

「したいけど……できないよ。僕はエイブラハムを暗闇に置いてきてしまったから」

「暗闇に、置いてきた？」

　セシリオは核心に触れることを避けているのか、話す内容がどれも抽象的で、ベアトリスには理解できない。そもそも、セシリオはベアトリスに理解してもらおうと思っていないのかもしれない。ただ、胸の奥に沈む後悔を口にしたいだけ。

「エイブラハムってさ、ひきこもりなんだよ。真っ暗な闇の中にひきこもって、過去のあやまちを償《つぐな》おうともがいてる。エイブラハムは、なにも悪くないのにね。僕はそれを見ていられなくて、逃げ出してしまったけれど、案外、ベアトリスなら引っ張り上げられるのかもね。期待してるよ、じゃね」

「はぁ!?　勝手になにを期待して……って、おい！」

さんざんひとり語りをしておいて、セシリオはベアトリスに詳しい意味を説明することなく風のように部屋から出ていってしまった。

人としてどうかと思う暴挙に、ベアトリスは啞然《あぜん》とするしかなかったが、セシリオは前々からああいう自由なところがある。いちいち気にしていても仕方がないと頭を切り替え、明日の準備に取り掛かったのだった。

一夜明け、ベアトリスはフェランと侍女《じじょ》、アドルフォを連れてルビーニ家へと向かった。ベアトリスと侍女が乗り込んだ馬車を、馬にまたがったアドルフォとフェランが前後で挟んで警戒しながら進んでいく。

いったいどこの要人が乗っているんだ、と言いたくなるような警護だが、つい昨日何者かに追われた身であるベアトリスは甘んじて受け入れていた。

「到着いたしました」

出発してからそれほど時間もかからずに馬車が停まり、ベアトリスは驚いた。ルビーニ家は貴族なのだから、貴族街のどこかに屋敷があるのだろうと思っていた。だがまさか、王都の中心部にほど近い場所に屋敷を構えているとは思いもしなかった。

「前々からいったいどこの屋敷だろうと思っていたが……まさかルビーニ家だったとは」

ここから少し歩いたところに王都の教会があり、ちょうどファウベル家から教会へ向かう際、この屋敷の前を通過するのだ。そのたびに、ベアトリスは持ち主が気になっていた。というのも、その屋敷がとても独創的だったからだ。

ルビーニ家は、ファウベル家といい勝負かそれ以上に古めかしく、さらに壁という壁を蔦《つた》に覆《おお》いつくされたおどろおどろしい屋敷だった。しかも、なにか団体の宿舎なのかと聞きたくなるほど巨大で、屋敷の周りには広大な庭が広がっている。高い塀《へい》に囲まれているため、どれほど立派な庭なのか確認することは出来ないものの、敷地を囲う塀がどこまでも長く続いているので、相当な敷地面積を誇っているのは確かだろう。

「ルビーニ家は、王家の次に長い歴史を誇る貴族ですから。屋敷は古くて当然ですよ」

「そうだとしても、蔦くらい刈り取ったらいいのではないか？　蔦が絡まる屋敷は他にもあるが、あんなに緻密《ちみつ》に絡まっているのはそうそうないぞ」

「まぁそこは……なにか意味があるのでは？　相手は魔術師ですし」

フェランはお手上げとばかりに肩をすくませた。ルビーニ家の人間ではないのだから、わからないのも当然かと思っていると、アドルフォがベアトリスの前へ進み出てきた。

「ご心配には及びません。どんな化け物が現れようとも、この私がベアトリス様をお守りいたします」

「幽霊屋敷じゃないからな。何度も言うが、私たちは恩人の家へ、お礼を言いに来たのだぞ」

「わかっております。ベアトリス様には、指一本触れさせません！」

全然わかっていないだろ——という突っ込みは、面倒だったため口にしなかった。


今回、ルビーニ家を訪問することを、ベアトリスは前もって報せなかった。なぜならいつもの『声』が、自分たちがすでに報せたから必要はないと言ったからだ。

いくら彼らが嘘をつかないとは言っても、さすがに突然押しかけるのは無礼にならないだろうかとベアトリスは迷った。迷ったが、いままでの経験から、彼らの言葉を信じることにした。

そして『声』の言う通り、彼らはきちんとエイブラハムに報せてくれていたのだ。その証拠に、エイブラハムは玄関でベアトリスを待ち構えていた。

だがしかし――

「なんの用かな？　いま、ちょっと、研究が大詰めなんだよ。だから手短にお願いしたい」

わずかに開いた玄関扉の隙間《すきま》から覗《のぞ》く顔と対話することになるとは、さすがに予想外だった。

「貴様っ、ベアトリス様に対して何たる無礼な態度……ちゃんと扉を開いて姿を見せろ！」

あまりのことに言葉も出ないベアトリスたちと違い、アドルフォだけがエイブラハムのひどすぎる対応に抗議する。アドルフォは無理矢理扉を開けようとするが、向こうも必死に押さえこんでいるのかびくともしなかった。

「ちょっと、やめてもらえるかな。いまの時間の日差しは目に染みる。僕は昨日、徹夜して寝ていないんだよ」

「貴様の都合なんて知らん。そもそも、どうして徹夜なんぞするんだ」

「だから、研究が大詰めだって言っているじゃないか。一分一秒だって惜しいんだよ。お礼なんていいからさ、もう帰ってくれないかい？」

「んなっ!?　貴様というやつはあああぁ！」

「アドルフォ、もうやめろ。それ以上騒ぐな」

顔を真っ赤にして今にも扉を破壊しそうなアドルフォを、ベアトリスが止める。アドルフォは不満げに振り返ったものの、後ろへ下がった。

アドルフォがいなくなり、ベアトリスは扉の隙間から顔を覗かせるエイブラハムと対峙《たいじ》する。

ベアトリスの出方をうかがっているのだろう空色の瞳の下には、青黒い隈《くま》が浮かんでいた。

「私のせいか？」

「え？」

「お前が徹夜をする羽目になったのは、私のせいか？」

エイブラハムは目を見開いたものの、すぐに細める。なんだか、痛みをこらえるみたいな表情だった。

「違うよ、君のせいじゃない。昨日僕があそこへ向かったのは、精霊に頼まれたからだ。君のためじゃない。だから、研究が遅れたのも、君のせいじゃない」

「……そうか。だとしても、私はお前によって救われた。だから、お礼をさせてほしい」

「だから、必要ないって――」

「我が家の料理人が腕によりをかけて焼いたマドレーヌだ」

「いただこう」

即答だった。先ほどまでの頑《かたく》なな態度はどこへやら、エイブラハムはあっさりと扉を開いて侍女からマドレーヌの入った箱を受け取る。ほんの少し箱を開けて中身を確認すると、へにゃりと微笑《ほほえ》んだ。

『エイブラハム、嬉しそう！』

『よかったね、エイブラハム！』

ベアトリスの耳もとで嬉しそうな声が響く。まるで自分のことのように喜ぶ声を聞いて、彼らがエイブラハムをとても大切にしているのが伝わった。

ベアトリスたちの視線に気づいたらしいエイブラハムは慌てて不機嫌顔を作り、箱を大事そうに胸に抱えて扉の向こうへと引っ込んだ。

「まぁ、お菓子に罪はないから、素直に受け取っておこう。君たちも、これで気が済んだろう。さっさと帰ってくれ」

改めて隙間から顔を覗かせたエイブラハムは、どこかそわそわした様子でそう言うなり、さっさと扉を閉めてしまった。

「あぁ、こら貴様！　勝手に扉を閉めるなどと――」

「アドルフォ、帰るぞ」

憤慨《ふんがい》するアドルフォが扉を叩こうとしたので、ベアトリスは止めた。アドルフォが振り返るのを待つことなく玄関に背を向け、門へと歩き出す。

「なんだかちょっと、がっかりしました。ロマンス小説のヒーローという雰囲気《ふんいき》の方ではありませんね」

後ろに続く侍女がそうぼやくと、ベアトリスは「そうだな」と笑った。

「だがまぁ、悪いやつではない」

「そうですね。あんな突き放した言い方をしたのも、ベアトリス様が負い目を感じずにすむように、という気づかいかもしれません」

侍女の隣を歩くフェランがそう言い、こらえきれないという風に笑いだす。

「お菓子、嬉しそうでしたね」

「持ってきて正解だったな。次も用意しよう」

次は、玄関くらいは開けてくれるかもしれない。そう思ったら、ベアトリスは頬がゆるむのを止められなかった。


ファウベル家まで戻ると、アドルフォは意気揚々《ようよう》とグスターボのもとへ向かった。なんでも、エイブラハムの魔の手からきちんとベアトリスを守ったと報告するらしい。意味不明だったが、もう好きにさせることにした。

「お嬢様、旦那様《だんなさま》がお呼びでございます」

自室でくつろいでいたベアトリスは、もしやアドルフォがなにか余計なことを言ったのかと不審がりながら、グスターボの部屋を訪れた。

予想に反し、そこにアドルフォの姿はなかった。それならば、なぜ呼ばれたのだろう。先日カシーリャス家の秘密を暴露したっきり、ベアトリスは夜会に参加していない。おかしなことなどしていないはずだ。

ベアトリスの当惑などつゆ知らず、グスターボは神妙な顔で重々しく告げた。

「エイブラハム・ルビーニに、門前払いされたそうだな」

「……門前払い？」

「アドルフォが報告してきたぞ。エイブラハム・ルビーニは、貴族紳士にあるまじき失礼極まりないやつだったとな」

エイブラハムの態度に憤慨していたアドルフォなら言いそうなことだな、とベアトリスは納得した。グスターボは「違うのか？」と首をひねる。

「屋敷に招き入れてもらえなかったことは事実ですが、門前払いというほどでもありませんよ。お礼の品として持って行った焼き菓子も受け取ってもらえましたし、なんというか……わざと突き放している、という感じでした」

「そうか……そう感じられたのなら、きちんと説明してもいいのかもしれん」

どこかほっとしたような表情を浮かべたグスターボは、ベアトリスをソファへといざなった。隅で控えていた執事がお茶を淹《い》れるのを待ってから、グスターボは改めて話を切り出した。

「私はお前に、ルビーニ家に関わってはならんと言ったな。あれには、きちんとした理由があるのだ。四年前、新種の疫病《えきびょう》が流行したことを、覚えているな？」

ベアトリスは黙って首を縦に振った。

四年前の疫病は、王都でも猛威を振るったからよく覚えている。感染力が高く、重篤《じゅうとく》化すると命の危険もあった。貴族のように的確な治療を受けられれば、高熱は続いても命を落とす可能性は低かったが、医者にかかるどころか身体《からだ》を十分に休めることすら難しい人々――ファウベル家の孤児院がある、あの区域でとくに感染者が相次いだ。

さらに悪いことに、新種の病気ゆえに特効薬がなかなか開発されず、できあがっても圧倒的に数が足りなかった。結果、王都だけでも相当な数の犠牲者を出してしまった。

「これは、伏せられた事実だが……あの病の特効薬は、実はずいぶん早い段階でできあがっておったのだ。エイブラハム・ルビーニが開発し、ルビーニ家の魔術師総出で大量生産された」

「そんな……だって、あのとき、薬がなかなか開発されないせいで何人もの死者が出たではありませんか！」

四年前、家の者たちが止めるのをいとわず、ベアトリスは何度か孤児院を訪れて、食事や支援物資を提供した。非常事態ゆえに仮設の病院となった孤児院で、看護師の補助も行っていた。すぐ目の前で病に苦しむ人々を何人も見て、そのたびに早く薬が完成しないだろうかと神に祈ったというのに、まさかすでにできあがっていただなんて。

衝撃のあまり身体を震わせるベアトリスに、グスターボは暗い表情で「そうだ」と続ける。

「薬は作られたはずなのに、必要とする患者たちのもとへ届くことはなかった。それはなぜだと思う？」

「薬の値段が、高額だったのですか？」

「いいや、それはない。非常事態だからと言って、ルビーニ家は無償で薬を配っていた」

「無償で……だったら、どうして」

「一部の愚かな貴族が独占したからだ」

ベアトリスは驚きのあまり呼吸を忘れた。だって、高齢者や幼い子供、孤児院の周りのような生活に困窮《こんきゅう》している人々ならまだしも、満足な食事や温かな寝所を当然のように手にしている貴族が薬を独占する必要なんて、微塵《みじん》もないから。

「ルビーニ家が開発した薬は、まず、王都の商人たちの手に渡る。彼らの流通ルートを使うのが、一番効率よく広がっていくからな。しかし、四年前はそれが裏目に出た。疫病におびえた一部の貴族たちが金にものを言わせて薬を買い占めてしまったのだ」

「そんな……そんな、無駄なこと！」

病が王都で猛威を振るっていた時、貴族たちは罹患者《りかんしゃ》がいる地域に近寄るどころか、外出すら控えていた。そんな彼らが発病する確率は、非常に低かったはずだ。

「城や領地で疫病による混乱の対処をしていた私やセシリオ、そしてすぐ間近で病の実態を目にしていたお前は、対処さえ間違えなければ命の危機はあまりないことを知っていた。だが、とんでもない愚行《ぐこう》を犯した一部の貴族どもは、病の実態を調べもせず死者が出たことだけを聞いておびえたのだ」

グスターボは視線を落とし、ぐっと拳《こぶし》を握り締める。あの当時、グスターボは疫病の対応のため、王城に詰めてほとんど屋敷へ帰ってこなかった。国を、国民を混乱から守るために必死に戦っていたというのに、同じ志《こころざし》を持つと信じていた貴族からそんな愚か者が現れたことに、いまでも深い憤《いきどお》りを覚えているのだろう。

「ルビーニ家を出て国内外に散らばった魔術師たちも、それぞれエイブラハムが開発した特効薬を作り、人々へ配った。そのおかげで、王都以外では犠牲者が増える前に病は収束した。しかし、王都だけはいつまでたっても収まらない。不審に思った王家が調べ、発覚したのだ」

事の次第を知った王家は、己かわいさにバカなことをしでかした一部の貴族たちから薬を没収し、すぐに患者たちへと配った。けれど、その時にはすでに多くの犠牲者が出てしまっていた。

「ルビーニ家は……貴族すべてを恨んでいるのですか？」

衝撃をなんとか受け止めたベアトリスがやっと口にした問いに、グスターボは低くうなった。

「残念なことにな、話はこれで終わらんのだ。四年前の疫病の一件で、ルビーニ家が作る薬の有用性に気づいたものたちがいた。あんな惨事《さんじ》を招いておきながら、己を省《かえり》みることすらしない恥知《はじし》らずどもがルビーニ家に群がった」

「群がる？」

「ルビーニ家と薬の独占契約を結ぼうとしたのだ。できあがった薬は言い値で買いとる。研究費用も払う。その代わり、薬の流通は自分たちを通してほしい、とな」

ルビーニ家は伯爵の位を持つれっきとした貴族であるが、他の貴族からは魔術師ごときがと見下されている。それはルビーニ家が爵位のみで領地をもたない特異な貴族であること、中央権力への影響力を持ち合わせていないことに加え、闇の精霊を敬愛するため、教会からにらまれていることなどが原因だった。それなのに、いざ彼らが作る薬の有用性に気づくなり、手のひらを返すようにすり寄ってくるだなんて。

「なんて、恥知らずな……！」

ベアトリスは両手を固く握りしめる。自分かわいさに弱者を見殺しにした一部の貴族たちが薬の販売権を手に入れたら、薬の流通価格が跳ねあがるのは明白だ。

「エイブラハム・ルビーニは、その申し出を断ったのですね」

四年前、開発した特効薬を無償で配ろうとした人物が、金に目がくらむはずがない。ベアトリスの確信を持った問いを、グスターボは「そうだ」と肯定した。

エイブラハムは、どこまでも愚かな一部の貴族たちに見向きもしなかったそうだ。けれど欲に目がくらんだ愚か者たちはあきらめず、金が無理なら領地や権力、ありとあらゆるものを駆使してルビーニ家に取り入ろうとした。中には、自分の娘をエイブラハムに嫁《とつ》がせようとする輩《やから》もいたという。

「ルビーニ家が作る薬はアレサンドリ神国にとって至宝であり、生命線だ。欲にまみれた人間の手に触れさせてはならん。事態を重く見た王家は、貴族たちにルビーニ家と関わってはならないとお触れを出した」

「だから父様は、ルビーニ家とは関わるなとおっしゃったのですね。私たちが、貴族だから」

「そうだ。お前は賢く優しい娘だ。四年前だって、皆が止めるのを無視して患者たちのもとへ行き、力を尽くしていた。だがな、私たちが貴族である以上、気安くルビーニ家に近づいてはならん。これは、この国の未来のためだ」

四年前の事件に無関係だとしても、貴族であるファウベル家がルビーニ家へ近づけば、おとなしくしていた愚か者どもがまたルビーニ家へ群がるかもしれない。薬を必要とする人たちに、すべからくいきわたらせるためにも、四年前に愚行を犯した貴族たちはルビーニ家へ近寄るべきではない。

『エイブラハムってさ、ひきこもりなんだよ。真っ暗な闇の中にひきこもって、過去のあやまちを償《つぐな》おうともがいてる。エイブラハムは、なにも悪くないのにね』

セシリオの言葉がベアトリスの心に響く。その言葉の通り、エイブラハムに非など存在しない。

それなのにどうして、エイブラハムは闇にひきこもってしまったんだろう。エイブラハムは特効薬を作り、たくさんの命を救ったというのに。

『ベアトリス』

ベアトリスの耳に、いつもの声が届く。グスターボの話を聞く間、ずっと黙っていた彼らは、普段の明るい声とは違う、まるでひとり取り残された幼子のような不安に揺れる声で、言った。

『エイブラハムを、助けてあげて』

　ベアトリスは顔をあげる。その目に映るのは、ベアトリスの答えを待つ、グスターボの視線だった。

「……父様、エイブラハム・ルビーニが聞く精霊の『声』は、もしかしたら、私が聞く声と同じかもしれないのです」

「なんと……そう、エイブラハム・ルビーニが言っていたのか？」

「助けてもらったとき、そうだとだけ答えてくれました。でも、詳しい話は聞けなかった。だから、私は彼から話を聞きたい」

「彼がそれを望んでいないのだとしても？」

　グスターボはベアトリスの覚悟を見極めようと瞳を見つめてくる。ベアトリスはその視線を受け止められず、うつむいて首を横に振った。

「わかりません。私は、四年前の悲惨な現実を知っています。だから、薬を買い占めた一部の貴族が許せません。私の行動が、彼らにルビーニ家へ近づく口実になるようなことだけはしたくない」

　四年経ったいまでも鮮明に思いだせる。部屋いっぱいに敷き詰められたベッドへ横たわる重症者たち。孤児院の周りは、治療を待つ病人とその家族で埋め尽くされていた。

助けを求めて孤児院へやってくるすべての人に手を差し伸べられず、重症者のみを入院させ、それ以外の人々は家へ帰すしかできなかった。

あの病気は、必要な治療を受けられなければ死が待っている。けれども孤児院が受け入れられる人数にも限りがあり、深刻な病状の患者しか入院させられなかった。まだ病状が進行していないからと追い返した患者が、孤児院に比べて劣悪と言わざるを得ない自宅で、病を大幅に進行させるかもしれないのに。

病に侵された家族を支えながら、ゆっくりと遠ざかっていく背中を、ベアトリスはきっと一生忘れないだろう。

「……でも、私は、この『声』の正体を知りたい。彼らは私に言いました。エイブラハムを助けてほしいと。私にできることがあるのかわかりません。むしろ、エイブラハム・ルビーニにとって迷惑にしかならないかもしれない。だとしても、ずっと私を守ってくれていた彼らが、初めて私に頼み事をしたのです。私はそれを、叶えたい」

覚悟を決めたベアトリスは、顔をあげてグスターボを見つめる。決意のこもったまなざしを向けられたグスターボは、長いため息とともにソファの背もたれへと深く身体を預けた。

「ルビーニ家が敬愛する精霊の『声』を聞く……これもなにかの導きかもしれんな。わかった。好きにしなさい。私はお前を信じている」

まるで希望を託すかのように、グスターボは言った。

ベアトリスは、自分をどこまでも信じてくれるグスターボに胸を詰まらせながら、「ありがとうございます」と頭を下げたのだった。

グスターボの私室を辞したベアトリスは、その足でセシリオのもとへ向かった。セシリオは突然の訪問に驚いていたが、ベアトリスの決意に満ちた顔を見て悟ったのだろう。どこかあきらめたように笑った。

「父様から、四年前のことについて、聞いたんだね。それで、僕から何を聞きだしたいの？」

「どうして、エイブラハムが償わなければならないのか。英雄として称《たた》えられるべきエイブラハムが、なぜ、罪を背負うことになったのか。教えてほしい」

セシリオは確かに言った。エイブラハムは、過去のあやまちを償おうとしていると。『声』が言うようにエイブラハムを助けたいなら、きっとその罪の意味を知らなければならない。

昨日のようにうやむやにされたくなくて、ベアトリスはセシリオをにらみつける。執務机で書き物をしていたらしいセシリオは、ベアトリスの視線から逃げるように横を向いて、手にしていた万年筆を机に転がした。

「エイブラハムは、罪なんて犯していないよ。罪深いのは、僕たち貴族さ」

「四年前、薬を買い占めたからだな」

「そうだよ……そう。そうして、たくさんの命が消えた。その中にね…………僕たちの友人もいたんだ」

「友人、だと？」

「彼はね、孤児院がある区域で医者をしていたんだ。治療費をまともに払えない人々に、いつも手を差し伸べていた。四年前もそうだったよ」

セシリオに貴族以外の友人がいるなんて、ベアトリスは知らなかった。「僕たちの友人」と言っているから、もしかしたら、薬師《くすし》であるエイブラハムを通じて知り合ったのかもしれない。

ベアトリスへと視線を戻したセシリオは、暗く微笑《ほほえ》む。

「四年前の貴族の愚行……どうして発覚したと思う？」

「それは、いつまでも事態が収束しないことを怪しんだ王家が……」

セシリオは、ゆっくりと頭を振った。

「エイブラハムが気づいたんだよ。エイブラハムが友人のもとを訪れて、発覚したんだ。エイブラハムは、さぞ驚いたと思うよ。病が収束したのか確認しに行ったというのに、実際はほとんど薬が渡っていなかったのだから。……でも、一番ショックだったのは、その病に僕たちの友人が侵されていたことだと思う」

医者である彼は病にかかっても患者の治療を続け、たまりにたまった疲労は病魔と闘う力さえ奪っていた。

「エイブラハムが彼のもとを訪れたとき、すでに虫の息だったそうだ。そして、エイブラハムの目の前で息をひきとったんだよ」

「それが……エイブラハムの罪──」

「罪じゃない！」

ベアトリスの言葉をかき消すように、セシリオが怒鳴る。穏やかなセシリオが声を張り上げるのはとても珍しく、思わず身体《からだ》がはねた。

「エイブラハムは、悪くない！　悪いのは、僕たち貴族だ！　それなのに、あいつは……僕を責めることすらしてくれない」

セシリオは握りしめた両手に額を当てる。込み上げる激情を、抑え込むかのように。

「……わかっているんだ。四年前、僕は王都にいなかった。できることなんてない。こうやって自分を責めることはただの欺瞞だって」

四年前、セシリオはファウベル家の領地へ赴《おもむ》いていた。王都から動けないグスターボに代わり、領民たちを病の混乱から守るために。

「……でも、どうしても思ってしまうんだ。あのとき、本当に僕にできることはなかったのかって。かけがえのない友人の命を、救う手段はなかったのかって」

領地での混乱がひと通り落ち着いたところで、セシリオは王都へ帰ってきた。その時にはもう、友人は亡くなっていたそうだ。

「僕も、エイブラハムも、一緒なんだよ。大切な友人の命を、どうして救えなかったのかと後悔してる。エイブラハムは一度だって僕を責めなかった。それどころか、僕に謝ってきたよ。でもさ、どうしてエイブラハムが謝らなければならないんだ。あいつは……薬を作ったのに。あいつのおかげで、ファウベル家の領民の命が助かったっていうのに」

「兄様は、そのことをきちんとエイブラハムに話したのか？」

「話したよ。もちろん話したさ。何度も何度も、あいつが謝ってくるたび、お前のせいじゃないと、悪いのは僕たち貴族だと、そう言った。でも、エイブラハムは自分を責めることをやめなかった」

　薬を作ったにもかかわらず友人のもとへ届けられなかったエイブラハムと、同じ貴族の愚行に気づけなかったセシリオ。友人の死は、セシリオとエイブラハムの間に、互いへの罪悪感を生んだ。

「そのうちにね、気づいたんだ。僕たちが一緒にいるから、お互いを慰めるために自分を責めてしまうのだと」

「だから……離れたのか？」

「そうだよ。そうするしかなかった。たぶん、エイブラハムもわかっていると思う。でも、後悔しているんだよ。あんな状態のあいつを、ひとりにしてよかったのかって」

　エイブラハムのもとを離れても、四年の月日が流れても、セシリオの自問自答は終わらなかったのだ。まるで自分に罰を与えるかのように、セシリオは握りしめた両手で額を打つ。

その両手を、ベアトリスは自らの手で包みこんだ。

「兄様は、悪くない」

静かに告げると、セシリオははっと顔をあげた。

「兄様は兄様のできることを、精一杯やったじゃないか。領地を持つ貴族として、父様の代わりに領民を守ったじゃないか。だからもう、自分を責めるな」

ベアトリスと同じ漆黒《しっこく》の瞳を見つめて、セシリオの四年前の努力を語れば、見開かれた瞳に涙が浮かんだ。

「……はは、不思議だね。その言葉、何度もエイブラハムに言われたことなのに」

セシリオは顔を隠すようにうつむいて、ベアトリスの手に包まれたままの両手に額をのせる。

「どうしてだろう。ベアトリスに言われると、そうなのかなって、思えてくる……」

「きっと私が、第三者だからだろうな。友人を慰めるために自分を責めていては、どこまでいっても堂々巡《どうどうめぐ》りだろう。兄様もエイブラハムも、ふたりとも、精一杯できることをした。それが事実だ」

「そうだね、その通りだ。そう言えばよかったんだ。どうしてそんな簡単なことがわからなかったんだろう」

それはきっと、友人の死をきちんと受け止めきれていなかったからだと、ベアトリスは思った。けれど、なにも言わなかった。

ただ、ぽたぽたと机にこぼれる雫《しずく》を見つめていた。


数日後、ベアトリスは満を持してルビーニ家へと向かった。数日待つことになったのは、いつ訪ねるのがいいかと『声』に問いかけた結果、今日がいいと答えてくれたからだ。今回はアドルフォや侍女《じじょ》はつれず、フェランとふたりで馬車に乗り込んで出発した。

ベアトリスは馬車に揺られながら、膝に載せた箱を撫《な》でる。ほんのりと温かい箱の中には、今朝焼いたばかりのクッキーが入っている。

エイブラハムは、この手土産《てみやげ》を受け取ってくれるだろうか。また玄関の隙間《すきま》から顔を覗《のぞ》かせるだけか、それとも、屋敷の中へ招き入れてくれるだろうか。顔さえ見せてくれなかったらどうしよう。様々な不安がベアトリスの胸をよぎったが、予想はいい意味で裏切られた。

「また来たのかい？　もうお礼は受け取ったと思ったんだが」

ルビーニ家の門前で馬車から降りたベアトリスは、偶然にもエイブラハムと門を挟んで鉢合《はちあ》わせした。どうやら、どこかへ出かけようとしていたところらしい。

「もっとお前と話がしたいと思ったのだ。私が聞く『声』の正体を、どうしても知りたくて」

「正体もなにも、精霊だと言っているじゃないか」

「あいにく私は魔術師ではないのでな。闇の精霊がどういう存在なのか、さっぱりわからない。きちんとした説明を要求する！」

「要求って……」とエイブラハムは戸惑っていたが、やがてあきらめたように嘆息《たんそく》した。

「残念だけど、僕はいま忙しい。行くところがあるんだ」

　エイブラハムは門を開けて外へ出てくると、ベアトリスの横をすり抜けて歩き出した。その背中を、ベアトリスは追いかける。

「私も一緒に行ってもいいだろうか？　精霊のことを理解するには、まず魔術師というものを理解するべきではないか、と思ったのだ」

「別にいいけど……いまから行くのは、君が以前、何者かに追い回されたところだよ。危ないんじゃないかな」

「それなら心配ない！」と元気に答え、ベアトリスは背後に控えるフェランから折りたたんだ布を受け取り、それを広げて頭からかぶった。

「君、それって……」

　頑《かたく》なに足を止めようとしなかったエイブラハムが、思わず立ち止まってベアトリスを凝視する。いつもどこか眠そうだった空色の瞳が、大きく見開かれていた。

「どうだ。これで私も魔術師に見えるだろう！」

そう胸を張ってつんと顎《あご》をそらしたベアトリスは、濃い紫のローブを纏《まと》っていた。彼女の背後でフェランもこげ茶色のローブを羽織《はお》る。フードを被《かぶ》ってしまえば、どこからどう見ても魔術師だった。

「それ、用意したの？　自分で？」

「そうだ。この格好なら、お前と一緒にいても目立たないだろう？　まずは形から入ってみたらどうかと、アドバイスをもらったのだ」

「そのアドバイスってさ……精霊たちからもらった？」

エイブラハムは得意げに話すベアトリスではなく、彼女の周りへ視線を走らせて問いかける。ベアトリスが「その通りだ」と答えると、エイブラハムは額に手を添えて長い長い息を吐いた。

今回のルビーニ家訪問について、『声』――改め、精霊たちに相談したところ、日時だけでなく魔術師のローブも用意するようアドバイスしてくれたのだ。最初に聞いたときはなぜ？　と首を傾《かし》げたベアトリスだったが、ルビーニ家が貴族たちと距離を置いていることを思い出した。ファウベル家のベアトリスだと周りにばれないよう、偽装する必要があるということだ。

しかし、エイブラハムの呆《あき》れというか、憐憫《れんびん》すら感じる視線を見るに、どうやらベアトリスの思い違いだったらしい。

「なんだ？　なにかまずかったか？　もしや、これでは魔術師に見えないのか？」

フェランと顔を見合わせながら、自分の格好のどこがまずいのだろうと確認するベアトリスに対し、『そんなことないよ、ベアトリス！』『完璧《かんぺき》！　最高！』という声が響いた。

「ふむ。精霊たちは気に入ってくれたみたいだな」

『ごっつぁんです！』

『眼福《がんぷく》です！』

精霊たちがどうしてそんなに大はしゃぎしているのか、ベアトリスにはちっとも理解できないが、『ポーズとって！』とリクエストされたため、ベアトリスは「こうか？」と腰に手をあててポーズをとってみた。大好評だった。

「……もういい。その格好なら確かに襲われないだろうし、勝手にすればいいよ」

「あ、こら、待て！」

精霊のリクエストに応えていくつかポーズを披露していたベアトリスは、さっさと背を向けて歩き出してしまったエイブラハムを慌てて追いかけたのだった。


エイブラハムが訪ねたのは、孤児院がある区域で暮らす医者のもとだった。

「エイブラハム様、ようこそいらっしゃいました。おや？　誰かを連れているなんて、初めてですね。新しいお弟子さんですか？」

白髪が目立つ初老の男性は、エイブラハムの背後に立つベアトリスとフェランを興味深そうに覗き込む。その視線をさえぎるようにエイブラハムは軽く腕を持ち上げた。

「まぁ、そんなところです。それよりも、これをどうぞ」

エイブラハムはローブの下から紙袋を取り出し、男性に手渡す。

「あぁ、いつもいつもありがとうございます」

紙袋を受け取った男性は部屋の奥にある執務机の椅子《いす》に腰掛け、机の上に袋の中身を取り出す。いろいろな大きさの小瓶《こびん》が並んでいた。

「なにか、変わったことはないですか？　足りない薬があれば、また持ってきます」

「いまのところ、おかしな病気も発見されておりませんし、今回の補充で当面は間に合うと思います。わざわざご足労《そくろう》いただき、ありがとうございます」

立ち上がった男性は、深く腰を折って礼を述べた。

「いえ、これが我々の仕事ですから。またなにかあれば知らせてください。では、失礼します」

用が済むなり、エイブラハムはさっさと踵《きびす》を返してしまったため、ベアトリスもその背中を追いかける。玄関をくぐろうとしたところで、一応の礼儀として男性を振り返って会釈《えしゃく》すれば、彼は柔らかな笑顔で見送ってくれた。

男性の職場兼自宅である家屋を出たベアトリスは、すでに細い道を歩き出していたエイブラハムへと駆け寄る。

「おい、薬の代金をもらっていないぞ。構わないのか？」

「構わないよ。この区域で活動する医者には、無償で薬を配っているんだ。じゃないと、この近辺に暮らす人々が満足な治療を受けられないからね」

エイブラハムの言う通り、その日の食事にすら困窮するような人々に薬代を払う余裕など、皆無だ。

「無償で薬を配っているのは理解できたが、どうしてお前自ら薬を運んだのだ？　四年前のことがあって、商人のことが信用できない気持ちはわかるが、薬というのはいつ何時どれだけ必要になるのか予想がつかない。なにかあったときにすぐ補充できるよう、新しい流通ルートを探るべきだろう」

ベアトリスの主張を聞き、エイブラハムは立ち止まって振り返った。

「じゃあ、聞かせてもらえるかな。新しい流通ルートって、いったいどうやって作ればいいの？　僕には商人以外に有効な流通手段を持ち合わせていないんだ。他に良い方法があるなら教えてよ」

問い返されて、ベアトリスは答えられずに視線をそらした。商人以外の流通ルートなど、ベアトリスには思いもつかない。貴族であれば商人と引けはとらない広いつながりを持っているだろうが、それでは元も子もないだろう。

「四年前の事件はね、僕たちルビーニ家の責任でもあるんだよ。僕たちは薬を作ることにばかり夢中で、その薬の行く末なんて気にも留めていなかった。その結果が、四年前の惨事《さんじ》さ」

「そんなこと……悪いのは、必要もないのに買い占《し》めた一部の貴族たちで……」

「そうだね。一番の元凶は愚かなことをした一部の貴族たちだとわかっているよ。でもね、僕には責任があるんだ」

「責任?」とベアトリスがつぶやくと、エイブラハムは悲しい悔恨《かいこん》にまみれた笑みを浮かべ、うなずく。

「薬を作った者としての、責任。僕がもっと早く病の現状を確認していれば……作ったはずの薬が出回っていないことに、すぐに気づけたはずだ」

人々の命を救う薬を作った人間が、そこまで責任を持つ必要ははたしてあるのか——そう言ってあげたいのに、ベアトリスにはできなかった。確かに四年前、エイブラハムがいまのように薬を直接届けていたのなら、せめて王都の現状を把握《はあく》していたのなら、きっとあそこまで混乱せずに病は収束しただろうと思ったから。

ベアトリスはこの目で見たから知っている。病に苦しむ人を。家族を亡くして涙に暮れる人を。庇護《ひご》してくれる存在をなくし、絶望する子供たちを。

「もう僕は、後悔したくない。だから、放っておいてほしいんだ。セシリオのことなら恨んでいないよ。もちろん君のことも。ファウベル家は薬の買い占めなど行っていないのだから」

「でも……私たちは、貴族として他の貴族の動きをきちんと監視するべきだった」

思わず言い返し、ベアトリスはしまったと思った。これではセシリオと変わらない。

「そんなことないよ。君たちはできることをやった。薬を作ったことに満足して、外に目を向けなかった僕と違ってね」

思った通り、エイブラハムはベアトリスを慰めるために自分を責めた。四年前のセシリオとエイブラハムのやりとりとまったく同じ結果に、ベアトリスは言葉に詰まってしまう。

押し黙ったベアトリスを見て、話が終わったと判断したエイブラハムは、さっさと背を向けて歩き出した。遠ざかっていく背中を、ベアトリスは黙って見送るしかできない。

「ベアトリス様、追いかけなくていいのですか？」

容赦《ようしゃ》なく離れていくエイブラハムの背中を気にしつつ、フェランが問いかけてくる。

エイブラハムの深い後悔を目の当《ま》たりにしたベアトリスは、なにを話せばいいのかわからなくなっていた。エイブラハムのせいではない。責任を感じる必要はない。そう言ったところで、先ほどのように「そんなことない」と返されて終わりだろう。

『エイブラハムってさ、ひきこもりなんだよ。真っ暗な闇の中にひきこもって、過去のあやまちを償《つぐな》おうともがいてる。エイブラハムは、なにも悪くないのにね』

うつむいたベアトリスの心に、セシリオの言葉が浮かぶ。はっと顔をあげれば、ずいぶんと小さくなったエイブラハムの背中が見えた。

『後悔しているんだよ。あんな状態のあいつを、ひとりにしてよかったのかって』

セシリオの声が聞こえる。あの日の涙が浮かぶ。セシリオは言っていた。後悔したのだと。いまのベアトリスと同じ状況になって、エイブラハムを救えないとあきらめてしまったのだと。

それは仕方がないのだと、関係のないベアトリスにはわかる。四年前、セシリオもエイブラハムも、かけがえのない友人を失い、傷つき疲れ果てていた。あのまま無理に一緒にいれば、きっと、ふたりともだめになっていたことだろう。

あの日セシリオが泣いたのは、ベアトリスが慰めたからじゃない。四年という月日が流れたからこそ、セシリオはベアトリスの言葉を素直に受け入れられたのだ。

ベアトリスがするべきなのは、エイブラハムを慰めることじゃない。

ただ、認めるだけだ。

ベアトリスは口を引き結び、両手を握りしめる。遠ざかってしまったエイブラハムの背中をにらみつけて、肺いっぱいに息を吸った。

「エイブラハ――――――ム！」

声の限り叫んで、ベアトリスは駆け出す。突然大声で呼び止められ、驚き振り返ったエイブラハムの胸に体当たりした。まさか体当たりされるとは思ってもみなかったエイブラハムは、ベアトリスを受け止め切れずに後ろへ倒れ込む。あおむけに転がったエイブラハムの腹の上に、一緒に倒れたベアトリスがのっかった。

「い、たたたた……。君はいったい、なにを――」

「私には、なにもできなかった！」

エイブラハムの胸に両手をついて身を起こしたベアトリスは、前後の脈絡もなく語りだす。

「四年前、私はなにもできなかった。できなかったんだ！」

四年前、ベアトリスは何度となく孤児院を訪れ、病で苦しむ人々やその家族の支援をした。病に負けない体力を蓄《たくわ》えられるよう食料を配り、治療にあたる人々に必要な物資が届くよう手配した。両親が病にかかってしまった子供たちを孤児院で保護し、感染拡大を防ぐための予防法などを周知させる努力をした。

でも、それだけだった。特効薬を開発することも、手に入れることも出来なかった。それどころか、すでにできあがっていたことすら、当時のベアトリスは知らなかった。

「私にできることと言えば、早く薬ができますようにと祈ることぐらいだったんだ！　精霊の声が聞こえても、貴族であっても、目の前で苦しむ人を救うことなんてできやしないんだ！」

病に苦しむ家族の身体《からだ》を支えながら遠ざかっていく背中が、ベアトリスの心へ鮮明に蘇《よみがえ》る。

ベアトリスは精霊に愛される漆黒《しっこく》の瞳から涙をあふれさせ、エイブラハムの胸をたたいた。

「お前は薬を作ったじゃないか！　お前の作った薬で、数えきれないほどの命が助かったじゃないか！　確かにお前は間違えたのかもしれない。でも、その責任をお前ひとりが背負う必要なんてない！」

ベアトリスは振り上げた手をエイブラハムの胸にたたきつけ、叫ぶ。

「ひとりになんて、なるな！」

この言葉は、きっと、セシリオが言いたかった言葉。ひとりになんてしたくなかった。でも、一緒にいられなかったから。いまさら言えなくて、それでも何度となく言おうと思って、結局言えずに後悔した言葉。ベアトリスが代わりに口にしたところで、きちんと届くかなんてわからない。

でもどうか、届いてほしい。後悔のあまり闇にひきこもってしまったエイブラハムの心に。

病の実態を、この目で見たベアトリスだからこそ、わかる。

四年前の出来事は、誰の心にも深い後悔しか残さなかったけれど、エイブラハムは――エイブラハムだけは、称《たた》えられるべきだ。誇るべきだ。

「よくやった。お前は、素晴らしいことをしたんだ。たくさんの命を救った。救ったんだよ！」

大きく開いていたエイブラハムの目が、さらに見開かれる。その目に涙の膜《まく》が張ったかと思うと、エイブラハムは両手で目を覆《おお》った。

「四年前……友人に会うためにここへやってきたんだ。そうしたら、もうとっくの昔に収束したと思っていた病のせいで、たくさんの人が苦しんで、命を散らしていたんだ」

エイブラハムは混乱しながらも友人のもとへ向かった。医者である彼から事情を聞けば、薬

がなぜ届いていないのかわかると思ったから。

けれど、友人自身もすでに病に侵され、その命を終えようとしていた。

「あいつは、僕を見て、笑ったんだ。心の底から、安堵《あんど》するように。そして言ったよ。『薬ができたんだな』って」

ベアトリスは衝撃のあまり息を止める。最前線で病と闘っていた医者でさえ、薬が完成したことを知らなかったのだ。本当は、ずっと以前にできあがっていたというのに――。

「どうして、僕は……きちんと見なかったんだろう。少し目を向ければ、あんなにたくさんの人が苦しんでいることに、気づけたはずなのに……。大切な友人が、必死に闘っていたというのに……」

手の隙間《すきま》からこぼれる涙とともに、エイブラハムは胸にこごる悔恨を吐き出し、それきり口を閉ざす。

ベアトリスも慰めを口にすることなく、静かに涙を流す彼をただ見つめていた。

やがて涙が落ち着いたエイブラハムは、手を下ろして身を起こす。ベアトリスがエイブラハムの腹の上から退くと、立ち上がって歩き出してしまった。

やはり、ベアトリスの言葉ぐらいでは、彼を闇から引っ張り出すことは出来なかったのかと意気消沈したその時、エイブラハムが足を止め、振り返った。

「いつまでそこに座りこんでいるの？　早く来ないと、置いていくよ？」

はっと顔をあげたベアトリスは、エイブラハムの眠そうなまなこと視線を合わせる。

「つ、ついていって、いいのか⁉」

「精霊のことについて、知りたいんでしょう。だったら、いつまでもこんなところにいないで、屋敷へ帰ろう」

エイブラハムはそう言って、また歩き出してしまう。はねるように立ちあがったベアトリスは、彼の背中めがけて走る。

「屋敷とは、ルビーニ家のことか？」

追いついた背中に問いかけると、エイブラハムは視線だけでベアトリスへと振り向き、「他にどこがあるの？」と答える。

「私が行ってもいいのか？　屋敷に入っても、大丈夫なのか⁉」

「精霊について理解するためには、まずは魔術師について理解するんでしょう。だったら、ルビーニ家の屋敷へ入らないと。お菓子、今日も持ってきてくれたんだよね？」

ベアトリスはフェランからクッキーの入った箱を受け取り、「もちろんだ！」と答える。

「今回はクッキーを持ってきた。サクッと軽い口当たりと、鼻を抜けるバニラの香りが最高なのだ。きっと、こんなおいしいクッキーは食べたことはないと驚くぞ！」

「うん。楽しみにしてる」

自慢するベアトリスへ、エイブラハムはそう言って笑いかける。

エイブラハムの笑顔を初めて目にしたベアトリスは、頬《ほお》が熱くなるのを感じ、箱を抱えるふりをしてうつむいたのだった。

第二章　無自覚な魔術師が、初心なお嬢様を振り回しています。

　ベアトリスは、手を伸ばしていた。

つま先で立って、背筋をそらし、漆黒《しっこく》の瞳が見つめる先にあるのは、本棚《ほんだな》に収まる一冊の本。足元から天井まで、壁一面を埋め尽くす本棚の上から三段目――ベアトリスの身長からずいぶん高い位置に見つけた目的の本めがけて、ベアトリスは細くしなやかな腕を伸ばす。花びらのように形の良い爪先が本の背表紙に触れた、そのとき。

背後から伸びてきた手が、目的の本をいとも簡単に引き抜いてしまった。連れ去られる本を追って後ろを振り返れば、漆黒の壁に鼻をぶつけた。

「こんなところでなにをしているのだ、エイブラハム」

鼻をなでさすりながら、ベアトリスはすぐ目の前の人物をねめつける。ベアトリスのすぐ真後ろに控える漆黒の壁――ならぬ、ローブを纏《まと》ったエイブラハムは、ベアトリスの恨めし気な視線に対し、首を傾《かし》げて見せた。

「なにって、本をとってあげたんだよ。これ、読みたかったんでしょう？」

「確かにその通りだし、取ってくれたことには感謝するが、なにもそんな背後からとる必要はないだろう」

ベアトリスが文句を言っても、やはりエイブラハムは首をひねるだけだった。

「だって、横からでは取りにくいじゃないか」

「そういう問題じゃない！　近いじゃないか！」

エイブラハムはぱちぱちと瞬きを繰り返したあと、やはり首を傾ける。

「それがどうかしたの？　近づかないと、さすがの僕でも手が届かないよ」

「……もう、いい」

ベアトリスは肩を落とし、エイブラハムから本を受け取った。そのまま彼を押しのけて歩き、先ほどまで腰掛けていた椅子《いす》に座る。椅子の傍で控えていたフェランが肩を震わせているのを見て、ベアトリスは口を尖らせた。

「おい、フェラン。お前は私の護衛だろう？　どうしてエイブラハムを止めなかったのだ」

「申し訳ございません、お嬢様。エイブラハム様の場合、まったくこれっぽっちも他意がありませんので、ついついこちらも反応が遅れてしまうのです」

フェランの言い分に文句がつけられなくて、ベアトリスは眉根《まゆね》を寄せた。

エイブラハムはベアトリスを特別扱いしないというか、邪念がないというか、なんというか。平たく言えば女性扱いしないのである。ここ数年前、出会う男性という男性全てから、口を開けばやれきれいだの、やれ心を奪われただの、やれ結婚してくれだのと言われ続けてきたベアトリスからすれば、下心など微塵《みじん》も感じさせないエイブラハムの態度はとても新鮮だった。異性の友人とはこういうものなのかと感動したくらいである。

が、しかし、ここまでざっくばらんな対応をとられると、なんとなく女としてのプライドが傷つくのはなぜだろう。追いかけられるのは嫌だが、異性として意識されないのもそれはそれで腹が立つという自分が身勝手すぎる。

ベアトリスは深い深いため息をこぼして、持ってきた本をテーブルに置く。余計な考えを打ち消すように本を読み始めれば、向かいの席に座ったエイブラハムがのぞきこんできた。

「ベアトリスは勉強熱心だよね。精霊や魔術師について質問攻めにしたと思ったら、今度は読書だもの。いったい今日はなにを調べているの？」

ふたりが向きあうテーブルは、広げた本たちで天板が見えなくなっていた。

「今日は、薬草について調べている。薬草の種類や効能を覚えた方が、調薬の見学が面白くなるかと思ってな」

研究バカなエイブラハムは、ベアトリスが訪ねてきたからといって研究の手を止めることはない。必然的に、ベアトリスは調薬を見学することになった。手を動かしながらも質問や会話には答えてくれるので構わないのだが、研究室がエイブラハムの私室でもあるため、若干《じゃっかん》、年頃の娘としていいのだろうかと自問自答してしまう瞬間があった。

「薬草事典なら、僕の部屋にもあるよ？」

「お前の部屋にあるものは専門的すぎてまるで古文書のようだった」

「あぁ、確かにそうかも。だから談話室に連れていけって言いだしたんだね」

「そうだ。精霊が、ここならいろんな本があると教えてくれた」

ベアトリスは今日、いつもの通り部屋にこもるエイブラハムに会い、開口一番、談話室へ連れていくよう頼んだ。ゆえにいま、ふたりはルビーニ家の談話室にいる。

ルビーニ家の談話室はエイブラハムの家族だけでなく、一緒に暮らす弟子たちも勢ぞろいしてくつろげるように設《しつら》えられているため、とにかく広い。飲み物や軽食を用意するためのカウンターや、寒い時期でも快適に過ごすための暖炉《だんろ》。ゆっくりくつろげるソファや、勉強や食事がしやすいテーブル席がある。部屋の一角は壁一面が本棚となっており、本棚の前にはのんびり読書をするための揺り椅子まで置いてある。まさに至れり尽くせりだった。

「それにしても、どうしてこの部屋には踏み台がないのだ。これでは、高い位置にある本が取れないだろう。もしや、椅子を踏み台にしているのか？」

「そういう人もいるかもしれないけど、僕の場合は精霊にとってきてもらう」

エイブラハムはベアトリスの横へ視線をずらすと、本の題名を口にする。すると、『任せて！』という元気のいい声のあと、天井すれすれの位置に収まる本が一冊、ひとりでに抜き取られ、ふよふよと宙を漂いながらエイブラハムの手に収まった。

「ね？」とエイブラハムに笑いかけられたベアトリスは、感心するどころか厳しい表情で問いかけた。

「踏み台を用意すれば解決できる願いを叶えるために、どんな対価が必要になるんだ」

ベアトリスがエイブラハムのもとを訪れるようになって一カ月。幼いころから当然のように傍にあった声の主である、精霊についていろいろと学んだベアトリスは知っている。

精霊の力を借りるには、それ相応の対価が必要になることを。

ルビーニ家の屋敷が蔦《つた》に覆い隠されているのも対価のひとつであり、そのせいで屋敷のなかは真昼だというのに夕方のように薄暗く灯が欠かせない。そこまでして叶えてもらう願いが、たかだか本を一冊持ってきてもらうことだなんて、ろうそくの無駄使いだと思う。

ベアトリスの非難のまなざしに気づいているのかいないのか。エイブラハムはいつもと変わらぬ調子で言った。

「別に、これくらいだったら対価なしでやってくれるよ？」

「そうなのか!?」

「うん。だって、やりたくなかったらいやって言うもの。精霊っていうのはね、気まぐれなんだ。気に入った人間に対してはいろいろと手を焼いてくれるんだよ。君に情報を流すのもそう。いままで何度となく君を助けてきたけれど、彼らは対価を求めなかったでしょう？」

「そういえばそうだな」

「精霊の存在は、誰しもが感じられるわけじゃない。だから、ベアトリスや僕みたいに、姿を見たり声を聞いたりしてくれる人間に出会えると、とっても喜ぶんだよ。彼らの存在を認める。それだけで、十分な対価になるのさ」

『ベアトリス、エイブラハム、好きー！』

『おしゃべり、嬉しい！』

エイブラハムの言葉が真実だと証明するかのように、精霊たちの明るい声がいくつも響く。

ベアトリスには、エイブラハムのように精霊の姿は確認できないけれど、きっと自分たちの周りを飛び回ってはしゃいでいるのだろう。

闇の精霊と寄り添って生きてきた魔術師でも、実際に精霊の姿を見たり、声を聞いたりする魔術師は少ないそうだ。ルビーニ家の家系であればそういう才能を持つ者がよく生まれるそうだし、多少なりとも闇の精霊と縁があったからこそルビーニ家の門戸を叩いたという人もいれば、純粋に調薬の勉強がしたくて弟子入りした者も少なくないらしい。

「そうだ、ベアトリス。もし調薬に興味があるなら、教えようか？　不思議なものでね、調合すると全《まった》く違う効能が現れたりするんだよ」

「そうなのか？　ふむ。どうせ同じ見学なら、いろいろと教わったほうが有意義だな。よし、お願いしよう」

「じゃ、僕の部屋へ戻ろうか」

立ち上がったエイブラハムに倣《なら》って、ベアトリスも立ち上がる。さっさと談話室を出ようとするエイブラハムを呼び止めて、フェランとふたりで山積みの本を片付けようとしたところで、本が一斉に浮き上がった。まるで本自体が意思を持っているかのように、それぞれもとの場所へ収まっていく。

エイブラハムから、精霊は黒い蝶《ちょう》の羽根を持っていると聞いたからだろうか。ベアトリスの目には、本の背表紙のあたりに、黒い蝶が見えた気がした。

エイブラハムに見送られながらルビーニ家の屋敷から出たベアトリスは、門前で待機する馬車の前に、ひとりの騎士を発見し、思わず嘆息《たんそく》した。

「どうしてお前がここにいるんだ。アドルフォ」

「我が女神のご機嫌を伺《うかが》いにファウベル家を訪れたら、ルビーニ家にいらっしゃると聞いたので、お迎えに上がりました。私も質問があります。その格好はいったいなんですか？」

アドルフォが苦々しい表情で見下ろすベアトリスは、フェランとふたりでローブを羽織《はお》っていた。以前、精霊のアドバイスを受けて作ったものを、いまでも愛用しているのである。

「この格好なら、私がファウベル家のベアトリスであると気づかれないだろう？　つい最近、襲撃されたばかりだしな。自衛だ」

「おっしゃる通り、自衛になるとは思いますが……そもそも、どうしてルビーニ家に通われるのです？　助けていただいたお礼ならば、以前、ケーキを渡してすんだはずです」

精霊に関して教えてもらっている、とは口が裂けても言えないベアトリスは、僅《わず》かな逡《しゅん》巡《じゅん》の末、「調薬の勉強をしている」と答えた。

「調薬？　どうしてそんなことを学ぶ必要があるのです」

「必要に迫られてではない。ただ、エイブラハムから教えを乞《こ》う機会ができたのでな。知識はひとつでも多い方がいいだろう」

社交界において、貴族の娘は無知な方がいいと言われているが、ファウベル家はそんな貴族の常識など関係ない。アドルフォもファウベル家の特異性は理解しているため、あきらめるようにため息をこぼすだけだった。

「お屋敷まで送ります。馬車に乗ってください」

フェランが客車の扉を開き、アドルフォがベアトリスへ手を差し出す。その手を取ろうとして、ベアトリスは「あ」と声を漏《も》らした。

「そうだ、アドルフォ。ちょうどよかった。お前に渡したいものがあるんだ」

虚をつかれて瞬きを繰り返すアドルフォへ、ベアトリスはローブの胸元から抜き取った小瓶《こびん》を差し出した。

「滋養強壮薬《じようきようそう》だ。今日、エイブラハムから教わって私が作った」

「ベアトリス様自らが作りあげたものを……私にっ！」

アドルフォは見開いたままの目を輝かせ、頬《ほお》を染める。まるで国王から褒美《ほうび》をもらうかのように、恭《うやうや》しく両手で小瓶を受け取った。

「ルビーニ家の薬は良薬らしいからな。本当は父様へ渡そうと思っていたのだが、お前に渡そう。母上に飲ませてやってくれ」

小瓶に収まる若草色の液体を物珍しそうに眺めていたアドルフォは、説明を聞いてまた目を丸くし、ベアトリスを凝視する。言葉に詰まるアドルフォへ、ベアトリスは優しく笑った。

「母上は息災《そくさい》か？　もしなにかあれば言ってくれ。頼んだ覚えはないがお前にはいつも世話になっている。私にできることをしよう」

アドルフォの母親は、例の疫病《えきびょう》を患《わずら》って以来、寝たきりなのだと聞いている。アドルフォは貧しい家の出身で、彼の周りには彼以上に過酷《かこく》な生活を送っている人たちがいることだろう。にもかかわらず、アドルフォだけにベアトリスが手を貸そうとするのはただの偽善だ。だが、自分にできることなどたかが知れているから、せめて目の前にいる人だけでも助けていこうと、四年前、ベアトリスは決めていた。

しばし呆然《ぼうぜん》としていたアドルフォは、涙をこらえるように顔をゆがめたかと思うとうつむき、小瓶を握りしめて胸に抱いた。

「ありがとうございます。母も、喜ぶでしょう。この御恩は忘れません」

「これは日ごろの礼だと言っただろう。恩に着る必要はない」

「……いえ。私が勝手にベアトリス様に侍《はべ》っているだけだというのに、お気遣いくださいまして、誠にありがとうございます」

『勝手につきまとっているって、自覚あったんだね』

精霊の鋭い指摘に思わずうなずきそうになったベアトリスだったが、ここで茶化してはダメだろうと思い、ただ黙って笑ったのだった。


その日の夜、執事から夜会の招待状を受け取ったベアトリスは、目を瞬いた。

カシーリャス家の隠し子騒動以来、ベアトリスは夜会の参加を禁止されている。招待状が届いてもグスターボが断りを入れてしまい、この一カ月、招待状というものを目にすることすらなかったほどだ。いつもならあと一カ月は参加許可が下りないはずなのに、どういう風の吹きまわしだろう。

ベアトリスの疑問は、封筒の裏を見て解決した。封蠟《ふうろう》に、王家の紋章が押してあったからだ。

王家が主催する夜会を、病気でもないのに欠席することは許されない。

「ラハナ国の王子と王女が、アレサンドリへやってくる……」

ラハナ国はベアトリスの祖母、ルティファの祖国だ。書状に添えられたグスターボの手紙には、足を悪くして夜会に出席できないルティファァに代わり、ベアトリスとセシリオも夜会に参加するように、と書いてある。

ベアトリスの祖母、ルティファァは数年前から車いすがないと移動できなくなっていた。もういい年なのだから当然と言えば当然なのだが、ファウベル家を取り仕切っていたころの凜々《りり》しいルティファァを知っているだけに、胸が締めつけられる。

「この夜会が終わったら、おばあ様に会いに行こうか」

ベアトリスがぽつりと口にした言葉に、傍で控えていた執事が「それはようございます」と優しく笑った。

「ところで、お嬢様。エスコートはどなたに頼みますか？　いつも通り、セシリオ様でよろしいでしょうか」

「そうだな。そのようにして――」

言いかけて、ベアトリスは言葉を止める。改めて視線を書状に戻し、にやりと、いたずらを思いついた子供のような笑みを浮かべた。

「僕に、夜会のエスコートをしろ？」

エイブラハムが声をあげたとたん、彼が手にする容器の中の液体がポンと音を立てて破裂した。幸い小規模な爆発だったらしく、容器が割れたりはしていない。ただ、容器を見下ろすエイブラハムの表情から察するに、失敗したのだと思う。

エイブラハムは液体を見つめたまま、表情を複雑怪奇に移ろわせ、最終的にため息とともに頭《こうべ》を垂れた。

「……で？　どうして僕がエスコートをしなくてはいけないの。ルビーニ家が社交に参加しないのは知っているでしょう」

「知っているが……さすがに王家が主催する夜会は出席せねばならんだろう？」

ベアトリスの指摘は的《まと》を射《い》ていたのだろう。エイブラハムは表情をむっつりとさせた。

「そういうときは、ちょっと顔を出してすぐ帰るようにしているんだ」

「だが、出席することには変わりないだろう。だったらエスコートしてくれたってかまわないはずだ」

「エスコートしていたらすぐに帰れないじゃないか」

「私と兄様が傍にいるんだからいいだろう。兄様が会いたがっていたぞ」

セシリオと聞き、エイブラハムは言葉を詰まらせる。その隙《すき》を、ベアトリスは逃さなかった。

「なにもただでエスコートを頼もうとは私も思っていない。精霊と同じように、願いに見合った対価を用意させてもらった」

ベアトリスはフェランから麻袋を受け取ると、エイブラハムの背後にある作業台に置き、かぶせてある袋をはぎ取った。

「こ、これは……！」

現れた物を見たとたん、エイブラハムは驚愕《きょうがく》の表情を浮かべる。顕著《けんちょ》な反応に、ベアトリスはどうだと言わんばかりに顎《あご》をそらした。

エイブラハムの注目を一身に受けて作業台に鎮座《ちんざ》するのは、ひとつの鉢植《はちう》え。柔らかく湿った土に根を張って堂々と生い茂るのは、とある薬草。

「どうだ？　これはつい先日、お前がぜひとも手に入れたいと言っていた薬草だろう？」

「こ、こんな貴重なもの……どうやって手に入れたんだい？　だって、これ、暑い地域にしか生息しないはずじゃあ……」

「そんなもの。我がファウベル家の力をもってすれば、手に入れるなど造作《ぞうさ》もない」

まるで自分が手に入れてきたかのように自慢げに宣言しているが、実際にこれを手に入れたのはセシリオである。なんとかエイブラハムにエスコートを頼めないだろうかと相談したところ、セシリオはこの植木鉢を用意してくれた。

『エイブラハムは研究バカだから。薬草さえ渡しておけばだいたいのお願いは聞いてくれるよ』

さすが自称親友。エイブラハムのことをよくわかっている。

エイブラハムは、目線だけで薬草を摘《つ》みとれるんじゃないかと言いたくなるくらい鉢植えを凝視している。ベアトリスはその視線から鉢植えを奪い、胸に抱えた。

「さて、エイブラハム。どうするか答えを聞かせてもらおうか？」

ベアトリスは見るものすべてを虜《とりこ》にすると言われる極上《ごくじょう》の笑みを浮かべ、エイブラハムに決断を迫る。

答えなんて、聞かずともすでに知れていた。

アレサンドリ神国は、光の神の子孫が治める国である。神の子孫が住まう王城は、王都の教会のように自らの権力を誇示することもなく、ファウベル家の屋敷のように年月という装飾を纏《まと》うでもなく、まるで時が止まっているかのように、静謐《せいひつ》な美しさをたたえたまま存在した。

エイブラハムにエスコートされながら、ベアトリスはグスターボやセシリオとともに会場に入る。セシリオ以外の男にエスコートされているベアトリスを見て、すでに会場にいた貴族たちは驚きささやき合った。

「ベアトリス様と一緒にいる男は誰だ？」

「あんな男、見たことがないぞ」

「まさか婚約者？　でも、いったいどこの家の者なんだ」

　エイブラハムの正体がわからなくて戸惑う貴族たちを横目で見ながら、ベアトリスはそうだろうな、と思う。今夜のエイブラハムはローブではなく黒の礼服を纏い、いつもふわふわと揺らしている金の髪は後ろへ流して顔をさらしている。こういう格好をすると、思いの外《ほか》凛々しい顔つきなのだとベアトリスは思った。だが、いかんせん、太陽のように見事に輝く金髪と心洗われるような清らかさをもつ空色の瞳の印象が強すぎて、やはり地味な顔だった。

　どれだけ情報交換してもこれといった収穫を得られなかったためか、エイブラハムの正体を探る貴族のささやきは、次第にベアトリスへの賛辞に塗り替えられた。

「今日も変わらず美しい……」

「あのつややかな黒髪は、どんな手入れをしているのかしら」

　今夜のベアトリスは、輝く金のドレスを纏っている。腰のあたりまでぴったりと身体《からだ》に沿い、そこからふわりとわずかに裾《すそ》が広がるだけのシンプルなドレスには、胸元から裾へ向けて光が降り注ぐようにダイヤをちりばめたレースがあしらわれていた。黒髪はあえてまとめず、大きく巻いて右肩へ流し、大ぶりな青い石のイヤリングをつけている。豪華に波打つ髪には、ドレスと同じダイヤをちりばめたレースが編みこんであった。

　わかりきったことだが、今夜のベアトリスの装いは、エスコート役であるエイブラハムに合わせたものである。

自分のわがままに付き合って行きたくもない夜会に参加するのだから、それなりの敬意ははらわなければならないと思ったベアトリス渾身《こんしん》のおめかしだ。しかし、当のエイブラハムはベアトリスを見て「あぁ、うん。社交界の薔薇《ばら》って感じだね」という、褒めているのかバカにしているのかわからない感想を述べただけだった。

「まさに咲き誇る薔薇」

「いや、あの神々《こうごう》しさはまさに女神だ！」

貴族たちの賛辞など、いつものベアトリスならくだらないと聞き流していた。が、しかし、今夜はエイブラハムの微妙な反応のせいで女としての自尊心が傷ついていたため、そうだろう、そうだろうとついついうなずきたくなった。

会場の一番奥、白く透き通った岩を削《けず》って作られた、まさに神が座るにふさわしい清廉《せいれん》さを放つ玉座までたどり着いたベアトリスとエイブラハムは、前に立つグスターボ、セシリオとともにアレサンドリ神王へ向けて頭《こうべ》を垂れた。

「ルビーニ伯爵！　ファウベル侯爵令嬢！」

グスターボたちに続いてベアトリスたちの名が高らかに告げられるなり、大きなどよめきが会場にはじける。神国王の御前のため、ざわめきはすぐに落ち着いたが、ひそひそと話す声は消えなかった。

「ルビーニ家とは、あの魔術師か？」

「そんな……どうして汚《けが》らわしい魔術師がベアトリス様の手を取っているのだ」

「由緒《ゆいしょ》正しき侯爵家が魔術師なんぞと手を組むなんて嘆《なげ》かわしい。教会になんと言われるか」

「ファウベル家には異国の血が混じっていますから、光の神への信仰心が薄いのでしょう」

「ルビーニ家は不干渉という取り決めではなかったのか⁉　公《おおやけ》の場に堂々と現れるということは、ルビーニ家がファウベル家を認めたことになる……」

「上位貴族のくせに、どうして魔術師と手を組むんだ！　奴らは魔術師を毛嫌いしていたんじゃないのか⁉」

「よりによって、ファウベル家とつながりを持つとは……これでは、迂闊《うかつ》に手を出せない」

悔しさのあまり歯《は》噛《が》みしている貴族たちの声を聞き、ベアトリスは内心でほくそ笑んだ。目の前に立つグスターボやセシリオもきっと同じ気持ちだろう。

アレサンドリ神国において、ファウベル家の影響力は大きい。長年、国の顔として外交を担《にな》ってきたのだから、当然と言えば当然である。

そのファウベル家がルビーニ家と繋《つな》がりを持った。それは政治的に立場が弱いルビーニ家の後ろ盾に、ファウベル家が立候補したということであり、ルビーニ家に手を出す者はファウベル家の敵となることを示している。

しかも、ルビーニ家と他貴族との接触を禁止した王家が主催する夜会へ、ルビーニ家とファウベル家が連れだって現れたとなれば、両家の繋がりを王家が認めたということだ。

事実、今回のエスコート役にエイブラハムを指名するとベアトリスが言い出したとき、グスターボはすぐさま王家へことの次第を伝え、ルビーニ家とファウベル家が連れ立って夜会に参加する許可をもらっている。

ただ単に、ファウベル家とルビーニ家が交流を持ったただけでは一部の愚かな貴族を刺激するだけだが、王家の承認のもと、ファウベル家がルビーニ家の後ろ盾となったと示したいま、愚か者どもが付け入る隙などないだろう。ファウベル家だけでなく、王家すら敵に回すということなのだから。

しかし、ファウベル家がルビーニ家の後ろ盾となることは、不利益ももたらしていた。ルビーニ家は光の神を信仰するアレサンドリ神国のなかで、闇の精霊を敬愛している。当然、教会からは蛇蝎《だかつ》のように嫌われており、王家への忠誠心が篤《あつ》く貴族としての自尊心も高い上位貴族たちからも毛嫌いされていた。そんなルビーニ家と交流を持つということは、魔術師を快《こころよ》く思わない勢力と多少なりとも軋轢《あつれき》を生むことになるだろう。だが、些末《さまつ》な問題と一笑《いっしょう》にふす力を、ファウベル家は持っていた。

「頭をあげよ」

神国王の指示を受け、姿勢を正したベアトリスは、いつにもまして神々しかった。

『ベアトリス、どや顔!』

『女神さまみたい！　ひれ伏しちゃうっ！』

どや顔というものがなにを示しているのかわからないものの、ベアトリスの心境としては『どうだまいったか愚か者どもめ。これでルビーニ家には手も足も出せまい』だったため、そういう趣向のあるものからすればひれ伏したくなる表情をしていたことだろう。

ただ、横に立つエイブラハムが「ぶっ……」とわずかに笑いを漏《も》らしたため、ベアトリスは神国王の御前だぞ、とひとにらみしておいた。エイブラハムは慌ててまじめな顔を作ったものの、口元がひくひくしているためどう見ても失敗だった。

神国王の御前だというのに緊張感のかけらもないエイブラハムに呆《あき》れながら、ベアトリスは改めて前を見据える。神国王の隣に、ベアトリスと同じ色合いを持つ男女――ラハナ国の王太子と王女が座していた。ふたりはラハナ国の特徴を色濃く受け継ぐファウベル家の面々を興味津々《しんしん》な様子で見つめていたが、この場で勝手気ままに話すことなど適《かな》うはずもなく、形式ばった挨拶《あいさつ》のみを交わしてベアトリスたちは神国王の御前を辞した。

会場の脇へ退いたベアトリスたちは、給仕から受け取った飲み物を口にしながら夜会の始まりを待つ。すべての招待客が神国王へ拝謁《はいえつ》したところで、アレサンドリ神国の王太子とラハナ国の王女、ラハナ国の王太子とアレサンドリ神国の王太子妃が手と手を取りあって会場中央へ進み出る。楽師たちが初々《ういうい》しい華やぎのある曲を奏でれば、二組の男女は踊り始め、彼らが一曲踊り終えると、夜会の始まりだ。

「エイブラハム。せっかくだ、踊ろう」

手に持っていたグラスをテーブルに置きながらエイブラハムを誘えば、彼はあからさまに面倒そうな顔をした。

「誘うなら他の人にしてよ。僕は一刻も早く帰って研究したい」

「お前は私のエスコート役だろう」

「そうだけど、君と踊りたいという人がいっぱいいるみたいだよ」

「そんなのいつものことだ。そもそも、どうして私が奴らと踊らねばならんのだ。あんな奴ら、無視だ、無視！」

ベアトリスは夜会へ参加してもセシリオとしか踊らない。時々、主催者側から頼まれて誰かと踊るくらいである。そう説明しても、エイブラハムはやはり面倒くさそうに顔をしかめるだけだった。

「……わかったぞ。エイブラハム、お前、もしや踊れないんだろう。だから夜会に参加してもすぐに帰るんだろう」

ベアトリスが鼻で笑って見せれば、エイブラハムはむっと口を尖らせた。

「そんなことはないよ。これでも一応、貴族としての教養は身に着けているんだ」

「そうか。だったら、いまここで私と踊っても問題ないだろう?」

「そうだね。僕が踊れないなんて間違った認識、すぐに訂正《ていせい》してあげるよ」

のんびりしているようで、実は負けず嫌いだったらしい。エイブラハムはそう息まきながらグラスをテーブルに置き、差し出されたベアトリスの手を取る。着飾った男女が踊る輪の中へ、ふたりは飛び込んだ。

　華やかながらつつましやかだった一曲目と違い、夜会の招待客のようにきらびやかな音楽が流れている。明るく弾む音に合わせて、ベアトリスはエイブラハムに導かれながらステップを踏む。

　意外なことに、エイブラハムのリードは素晴らしいものだった。鳴り響く音楽に合わせ、エイブラハムは流れるように手足を動かし、ベアトリスを優しく導いていく。それでいて、身体の芯がぶれず、ベアトリスが体重を預けたところでぐらつくこともなかった。

　力任せに振り回すのではなく、あくまで自然に、ベアトリスの動きを支え導く。完璧《かんぺき》なリードにベアトリスが驚いていると、エイブラハムは不敵に笑った。

「訂正する気になった？」

「そうだな。訂正しよう。お前のリードは世界一だ。といっても、それほどたくさんの男と踊ったことはないがな」

「社交界の薔薇と称されるほどの美姫《びき》が、男とあまり踊らないだなんて、謙遜《けんそん》しているの？」

　エイブラハムの無邪気な問いに、今度はベアトリスが口をとがらせる番だった。

「お前は……私をどれほど節操《せっそう》なしな女だと思っているのだ。冗談も休み休み言え。私は身内や主催者以外とは踊らない。じゃなきゃ面倒なことになるだろう。どれだけの男が誘いをかけてくると思っているんだ」

「あぁ、うん。なるほどね。確かに、適当な男の誘いを受けたら最後。永遠に踊る羽目になりそうだね」

エイブラハムはベアトリスをくるりと回転させながらあたりを見渡す。ステップを踏みながら戻ってきたベアトリスをその胸で抱き留めながら、至近距離で見つめ合った。

「私と踊ることがいかに幸福なことか、少しは理解したか？」

「そうだね。男たちの視線がうっとうしいと思えるほどには」

「口の減らない男だな」

「君こそ」

ふたりは互いにつんと顔をそらし、エイブラハムのリードでベアトリスはターンを決める。つないだ手が目一杯伸ばされる頃には、ふたりの顔には笑顔が浮かんでいた。

「本当に、リードがうまくなければすぐにでも踊りをやめるところだったぞ」

「そっちこそ。もっとへたくそなステップだったら、適当にリードして終わったのに」

もう一度軽やかに回りながらエイブラハムの腕に戻れば、ふたりはくすくすと声を漏らして笑いあった。

「エイブラハム。お前とのダンスは楽しいな」

「僕もだよ、ベアトリス。ダンスがこんなに面白いものだったなんて、知らなかった」

ふたりは弾む心のままステップを踏み、まるで蝶《ちょう》のように優雅に舞い踊ったのだった。

一曲ではとどまらず、二曲連続して踊ったベアトリスとエイブラハムは、同じ相手と踊り続けるのはマナー違反とされるため、いったん休憩しようと会場の端へと移動することにした。

「一曲、踊っていただけませんか？」

エイブラハムに連れられて歩くベアトリスへ、横から誰かが声を駆けてくる。ふたりが足を止めて振り向けば、ベアトリスと同じ黒を纏《まと》う男性——ラハナ国の王太子がベアトリスへと手を差し出していた。

今日の夜会は、ラハナ国からやってきた王族をもてなすためのもの。主賓《しゅひん》であるラハナ国の王太子にダンスを望まれては、ベアトリスに否《いな》やを告げる権限はない。

ただ、エイブラハムをひとり残すことに抵抗を覚えたベアトリスは、彼を振り返る。ベアトリスの視線で彼女の気持ちを察したエイブラハムは、繋いでいた手を離した。

「僕は、あちらでセシリオと話してくるよ。四年ぶりに、つもる話もあるからね」

エイブラハムはそう言って、ちょうど貴婦人と踊り終えたところらしいセシリオを指さす。少し離れたところにいるというのに、セシリオはなにかを感じたのかベアトリスたちへと顔を向け、笑顔とともに片手を持ち上げた。

「ほらね」と笑い、エイブラハムはベアトリスを残して壁際へと歩き出す。セシリオもエイブラハムを追いかけるように壁際へと移動し始めたのを見て、ベアトリスはやっとラハナ国王太子へと向き直った。

「もしや、お邪魔してしまいましたか？」

「……いえ、お心を煩《わずら》わせてしまい、申し訳ありませんでした。少々、特殊な事情がございまして」

「ルビーニ家でしょう。噂《うわさ》は存じております。孤立していた彼の一族に、あなた方ファウベル家が後ろ盾となること、それはアレサンドリ神国のみならず我々ラハナ国にとっても朗報です」

「……それは、ファウベル家がラハナ国の縁者であるからですか？」

ベアトリスが漆黒《しっこく》の瞳を冷ややかに細めれば、ラハナ国王太子は肩をすくめて苦笑した。

「否定はいたしません。ですが、あなた方ファウベル家は私欲のために彼の一族の力を利用しようなどと思わないでしょう？　だからこそ、アレサンドリ神国王は両家がつながることを認めた」

「では、両家の繋がりがラハナ国にどのような利をもたらすと？」

「簡単なことです。魔術師たちが作る薬は、我がラハナ国にとっても必要不可欠なのですよ。それはおそらく、他の国も同じことでしょう。ですから、ルビーニ家が衰退することだけは避けねばならない」

「誰かが後ろ盾につかねばならぬなら、ファウベル家がその役目を負うのが一番喜ばしい。そういうことですね」

「ええ。我がラハナ国にとって、ファウベル家は最も信頼する貴族ですから」

いつかの隠し子を暴露した時のような、艶《あで》やかな笑みをベアトリスが浮かべれば、ラハナ国の王太子も王子然としたまぶしい笑顔を返した。

ちょうどそのとき、新しい楽曲が始まったため、ベアトリスはラハナ国王太子の手を取り、ふたりは色とりどりの花が咲き踊る輪のなかへ飛び込んでいった。


ひとり壁際でたたずむエイブラハムは、給仕から受け取ったシャンパンを傾け、踊り疲れて渇《かわ》いた喉《のど》を潤した。とくに探したつもりもないのに、ラハナ国の王太子と踊るベアトリスを見つけ、彼女の優雅なステップを目で追った。

「ベアトリスに見惚《みと》れているの?」

声をかけられ、視線をよこせば、セシリオが隣に立っていた。貴婦人たちの誘いをかいくぐってようやっとたどり着いたらしい彼は、給仕からグラスを受け取り、軽く口をつける。

「ここだけの話だけどね、ラハナ国がベアトリスを自国の王太子妃として迎えたいって言いだしていたんだよ」

「…………受けたのかい？」

ただ一言問いかけるだけなのに、長い沈黙を要してしまった自分にエイブラハムは戸惑う。そんな彼を観察しながら、セシリオは「まさか」と首を横に振った。

「ラハナ国側からすれば、アレサンドリ神国との絆《きずな》をさらに強固にしたいんだろうけど、あいにく、ファウベル家ではおばあ様の意向により政略結婚はしないんだ」

「本人が両国の友好の証《あかし》として嫁《とつ》いでこられたのに？」

「あぁ、うん。あれね。政略結婚と見せかけて、実は壮大な恋愛結婚だよ」

「はぁっ!?」と思わず大声を出してしまい、エイブラハムは慌てて口元を手で隠した。セシリオは慌てるエイブラハムをそれはそれは楽しそうに観察している。

「ラハナ国との国交を結ぶため、おじい様は長い間ラハナ国に滞在していたんだ。で、その期間で友好条約だけでなく恋も結んできたと、そういうわけ。ま、両国の友好としておばあ様が嫁いできたっていうのは、全《まった》くの嘘じゃないんだけどね。順番が逆なんだよ」

「ふたりが恋人となったから、友好の証として嫁ぐことが決まった、ということかい？　とんでもない話だね」

「おばあ様なら簡単にやってのけちゃうんじゃないかな」

セシリオは軽く笑い飛ばしたあと、グラスを傾けながらベアトリスを見る。その視線につられてエイブラハムもベアトリスを見れば、彼女はラハナ国の王太子にリードされながら、ドレスの裾を翻《ひるがえ》して舞っていた。

「ベアトリスはおばあ様に憧れているからね。ほら、話し方とか、変わっているでしょう？　あれ、おばあ様の真似《まね》をしているうちに染みついてしまったものなんだ」

ずいぶんと尊大な話し方をする令嬢だと常々思っていたが、王女の言葉遣いだったのかとエイブラハムは納得してしまった。

「そんなベアトリスだからさ、結婚する相手は自分で選びたいと思うはずだよ。僕たちは貴族だから、惚れた腫《は》れたで将来を決めることは出来ないけれど、そこらの貴族みたいに子供だけ産んでさようなら、みたいな関係だけは築きたくない。一生をともに生きていけると思える相手と、結婚したいんだ。まぁ兄としては、変な男に捕まらないかと心配だけどね」

「彼女なら大丈夫だろう。きっと、ふさわしい相手を見つけて来るさ」

精霊の声を聞くベアトリスは彼らに愛されている。そんな彼女に不埒者《ふらちもの》が近づいた日には、様々な過去のあやまちがすぐさま白日《はくじつ》の下《もと》にさらされるだろうとエイブラハムは予想し、むしろベアトリスが無事に結婚できるのか心配になった。

エイブラハムの心配など知らず、セシリオは「そうだね」と頷く。

「ベアトリスは素晴らしい女性だと思うよ。だって、君を助け出してくれたんだもの」

虚をつかれたエイブラハムは、セシリオへと向き直る。セシリオは甘い美貌《びぼう》だと評されるその顔を優しくほころばせていた。

「……セシリオ、四年前のことは――」

「謝らなくていいよ。謝ることじゃない。四年前の僕も、君も、あいつも……誰もが頑張ったんだ。だから、謝る必要なんてない」

「セシリオ……」

言葉に詰まるエイブラハムへ、セシリオは給仕から新しく受け取ったグラスを掲げ、言った。

「お帰り、エイブラハム」

エイブラハムも新しいグラスを給仕から受け取り、「……ただいま」と小さく答えながら、互いのグラスを打ち付けて高い音を奏でた。

ラハナ国の王太子とのダンスを終えたベアトリスは、談笑するエイブラハムとセシリオを見るなり言った。

「ふたりとも、無事に仲直りできたようだな」

「ベアトリスのおかげだよ。ありがとう」

セシリオが微笑《ほほえ》みながら新しいグラスを渡してくれたので、ベアトリスはそれを受け取り、一気に中味をあおった。三曲も連続で踊ったため、喉が渇いていたのだ。

「お疲れさま。もう一杯もらおうか？」

「頼む」

セシリオが片手をあげて給仕へ合図を送る。二杯目を半分ほど飲んだところで、ベアトリスはやっと人心地がついた。

「さすがに三曲連続は疲れたな」

「だったらすぐ帰ろう。いますぐ帰ろう」

「わがままを言うな、エイブラハム。ラハナ国の王女の血縁者である我々ファウベル家が、早々にこの場を辞すわけにはいかんだろう」

ベアトリスにたしなめられたエイブラハムは、口をへの字にして低くうなる。そんな彼を見て、セシリオは明るく笑った。

「まぁ、まぁ、そんな顔しないでよ、エイブラハム。せっかくなら、ふたりで庭でも散歩して来たら？　このままここにいたってベアトリスを狙う男どもに囲まれるだけだし。王城の庭なら珍しい植物があるんじゃないかな」

珍しい植物と聞き、エイブラハムの目が輝く。相変わらず、セシリオはエイブラハムの扱いがうまかった。

ベアトリスとしては、祖母の名代《みょうだい》として夜会に参加している以上、どれほど面倒だろうとこの場に留まるべきではと思った。けれど、同じ名代であるセシリオが薦《すす》めるのだから、ベアトリスが離れても問題ないということだろう。無理矢理エスコートさせた手前、これ以上エイブラハムに負担をかけたくなかったベアトリスは、セシリオの勧めに素直に従うことにした。

テラスから自由に行き来できる庭には、夜会が行われているからか、かがり火がいくつもたいてあり、赤金色の光が庭の植物たちを幻想的に照らしていた。

ゆっくりするために庭へ出てきたのだから、ベアトリスとしては適当なベンチに腰掛けてかがり火が照らし出す景色を眺めていたかった。しかし、同行するエイブラハムが中庭を飾る植物に夢中になり、ベアトリスそっちのけで奥へ奥へと歩いてしまうため、そのあとを追いかけるしかなかった。

エイブラハムは植物たちを、それこそ足元に生える雑草に至るまでひとつひとつ丹念に観察し続け、次第にかがり火の数が少なくなってきたところで、ふと足を止めて振り返った。

「どうやら、会場から離れすぎてしまったみたいだね。連れ歩いてしまい、すまない。少し休もう」

「よかった。私の存在を忘れているかと思ったぞ」

「忘れてはいないよ。ただ、目の前のことに集中しすぎただけだ」

それってやっぱり、忘れていたということではないのか――とベアトリスは思ったが、肯定されても悲しいだけなのであえて確認しなかった。男どもが群がってくるのが面倒だからと庭へ出てきたというのに、エイブラハムが自分を女性扱いしないことに一抹《いちまつ》の不満を覚える自分が小さく思えて腹立たしかった。

「エイブラハムは、本当に植物が好きだな」

腹立たしさをごまかそうとして、嫌味のような言葉が口をついて出てしまった。しかし、当のエイブラハムは気にするでもなく「そうだね」とあっさり肯定した。

「僕たち薬師《くすし》にとって、植物はすべからく薬草なんだ。それこそ、雑草と呼ばれるような草でもね」

生き生きと語りだすエイブラハムを見ていたら、ベアトリスはなんだか肩の力が抜けてくる。やはり、エイブラハムとの距離感は心地いい。この安らぎが、エイブラハムがベアトリスを異性として意識していないから得られているのだと思うと、やっぱり複雑な気持ちになるのだが、いまは深く考えないことにする。エイブラハムにまで他の男のように結婚、結婚と言いだされても困る——

「ベアトリスは、結婚しないの？」

「け、けけ結婚!?　ど、どうしてお前がそんなことを聞くんだ！」

動揺《どうよう》のあまり、ベアトリスは大きい声を出してしまう。自分を女性扱いしないと思っていたのに、とうとうベアトリスを異性として意識し始めたのか——と期待したところで、

「え？　ただなんとなく」

　という、なんともぞんざいな答えが返ってきた。一瞬でも期待した自分がバカすぎて、ベアトリスはちょっぴりみじめな気分になった。

　なぜだか落ち込みだしたベアトリスを見て、エイブラハムは首を傾《かし》げる。

「会場にいる男たちが君を狙っているみたいだからさ。あの中に誰かいい人とかいないのかなあと思って」

「いたらお前にエスコートなど頼むか！」

「それもそうだね。じゃあさ、ラハナ国の王太子とかは？」

「ラハナ国の王太子？」

　ラハナ国の王太子は齢《よわい》二十歳でありながらまだ婚約者は決まっていない。ベアトリスは年齢的にも身分的にも、彼との結婚話が出ても何ら不思議ではないが、アレサンドリとの絆《きずな》を強化するための政略結婚なら、王族、もしくはファウベル家以外の貴族と行うべきだとベアトリスは思う。

　困惑するベアトリスを見て、エイブラハムは頭を振った。

「……ごめん。なんとなく聞いただけなんだ。忘れていいよ」

「そうなのか？」

「うん。ただね、ベアトリスは十八歳だから、早く相手を見つけないと行き遅れちゃうんじゃないかな、と心配はしてる」

「なぜお前が心配するんだ。余計なお世話だぞ！」

グスターボと同じセリフを、まさかエイブラハムから聞くとは思いもしなかった。ふくれっ面《つら》を作るベアトリスへ、エイブラハムは「ごめんごめん」と眉《まゆ》を下げる。

「ベアトリスは精霊に愛されているから、なかなかいい相手を見つけられないんじゃないかと思ってさ」

まさにエイブラハムの言う通りだったので、ベアトリスは目を丸くする。そんな彼女を見て、エイブラハムは「図星だね」と困ったように笑った。

「確かにその通りだが……精霊たちは私を思って行っていることだ。感謝はしても、迷惑には感じない。それに、結婚に対して、私にも思うところがある」

「思うところ？」

「私は、おばあ様のようになりたい。さっき、ラハナ国の王太子が言っていたんだ。おばあ様がアレサンドリ神国との絆を強固にしてくれたから、ラハナ国は他国に侮《あなど》られることなく交易ができると」

ラハナ国は大陸から遠く離れた島国で、外の世界から隔離《かくり》されていた。そんな小国が大陸の国々と対等な交易を結ぶのは非常に難しい。しかし、ベアトリスたちの祖母――ルティファが嫁ぐことによりそれは実現した。

アレサンドリ神国は大陸のなかでも最も歴史が深い国であり、豊かな国力もあって他国への影響力は計り知れない。そんなアレサンドリ神国が対等な友好を結んだことで、ラハナ国は他国に侮られずに済んだという。

「おばあ様は、ラハナ国にとって英雄なのだと、ラハナ国の王太子は教えてくれた。私は、おばあ様を誇らしく思う」

「じゃあ、ベアトリスは英雄になりたいのかい？」

「英雄などと、大それたことは思わない。ただ、誰かのために動ける人間になりたいとは思う」

「誰かのために、動ける人間？」

ベアトリスはうなずいてエイブラハムから顔をそらす。見つめるのは、かがり火で赤金色に輝く花たち。

「私は、おばあ様のように人の役に立ちたい。私にできることは、せいぜい、家と家同士を繋《つな》ぐ結婚くらいだろうがな」

「婚姻による貴族同士の繋がりは、政治の世界ではとても大切なことだと思うけど」

「そうだな。でも、それでは私自身が誰かを助けたことにはならない。貴族の令嬢としては、夫にその役目を任せるべきなのだろうが……私は自分にできることをしたい」

自分にできることなどたかが知れていることを、ベアトリスは四年前に思い知っている。でも、だからといって、なにもせず誰かにゆだねるだけというのは、ベアトリスの性分には合わない。

四年前、ベアトリスが孤児院へ向かうことを、グスターボは許してくれた。でも、嫁いだ先ではきっと許されないだろう。他の貴族と同じように、屋敷から出られなくなるはずだ。最悪の場合、そもそも孤児院へ行かせてもらえないかもしれない。

「せめて、孤児院へ通うことくらいは許してくれる相手と結婚したいな」

「結婚したら、孤児院へ通うことすらできなくなるものなのかい？　僕なら、別にいくらでも許してあげるよ」

エイブラハムがなにげなく放った言葉にベアトリスは驚き、勢いよく振り向いて彼を凝視した。

エイブラハムはなぜベアトリスが驚いたのかわからないという表情でこちらを見つめている。

だが、さっきの言葉は、まるで自分と結婚すればいいじゃないかと言っているようではないか。

ベアトリスは不思議な高揚感《こうよう》に衝《つ》き動かされるように、口を開く。

「エイブラハム、それって――」

「エイブラハム！」

期待に震えるベアトリスの声を、誰かの怒鳴り声がさえぎった。

心臓が止まりそうなほどびっくりしたベアトリスは、大げさなほど体をびくつかせて声がした方へと視線を走らせる。夜会会場の方角、多くのかがり火が照らす庭に、グスターボとそう変わらない壮齢《そうれい》の紳士が、アドルフォを連れて立っていた。

紳士は顔を真っ赤にし、肩を怒らせながら大股《おおまた》で近寄ってくる。言い寄ってくる男を撃退するため、秘密を暴露したベアトリスを叱《しか》りつけるグスターボみたいだな、などとのんきなことを考えている間にも、紳士はふたりの傍に立ち、思い切り息を吸った。

「エイブラハム！　これはいったいどういうことだ⁉　お前は私の娘との婚約を望んでいたんじゃないのか⁉　それなのに、ファウベル侯爵令嬢をエスコートなどして、あまつさえ、こんな人気《ひとけ》のない場所でふたりきりでいるんだ！」

「は？」と声を漏《も》らしたのはベアトリスである。

この紳士はいま、なにを言った？　婚約を望んだとは、いったい、誰と誰が？

突然の乱入者である紳士はエイブラハムを怒り心頭な様子でにらみつけている。つまり、彼が言う『娘と婚約を望んだ男』というのは、エイブラハムなのだろう。さっきからこの紳士はエイブラハムしか見えていないように思える。

どくどくと、心臓が嫌な音を立てるなか、ベアトリスはエイブラハムへ視線を向ける。

ベアトリスと紳士、さらになぜかこの場に居合わせたアドルフォの視線を一身に受けたエイブラハムは、顎《あご》に手を添えて「ふむ」と頷いた後、言った。

「すまない、ベアトリス。僕は君のエスコートを引き受けるべきではなかった」

まさかの告白に、ベアトリスは口をあんぐりと開けて固まる。そんな彼女を放って、エイブラハムは「じゃ、僕は失礼するよ」と言ってこの場から立ち去った。振り返ることなく離れていく背中を、紳士が「こら待て、まだ話は終わっていないぞ！」と怒鳴りながら追いかけていった。

かがり火が淡く照らす庭に、ベアトリスとアドルフォだけが取り残され、ふたりの間を、強めの風が吹き抜けた、瞬間。

「は……ぁぁぁあああああっ!?」

ベアトリスの淑女《しゅくじょ》らしからぬ叫びは、幸いなことに、アドルフォ以外の耳には届かなかった。

その後、ベアトリスは夜会会場までアドルフォに送ってもらいながら、状況を理解するためにもなぜあの場にアドルフォが居合わせたのかを問いただした。

「私は近衛《このえ》騎士として、夜会会場の警備をしていたのです。そうしたら、イェステ伯爵がルビーニ伯爵を探しているところと出くわしました。事情を聞いて、私としても、我が女神に近づくものとしてエイブラハム・ルビーニはふさわしくないのでは、と疑念がわき、イェステ伯爵のお力添えをさせていただきました」

イェステ伯爵というのは、先ほどの紳士のことだろう。そういえば、イェステ伯爵にはベアトリスと同じ年の娘がいたはずだ。しかも、ひとり娘で他に子供はいない。となるとイェステ伯爵令嬢の婚姻相手は必然的にイェステ家の家督を継ぐことになるはず……すでにエイブラハムはルビーニ家の家督を継いでいるというのに、その辺りはどうなっているのだろう。

ベアトリスの頭に様々な疑問が浮かぶ。しかしそれを目の前を歩くアドルフォにぶつけたところで意味がないと判断したベアトリスは、黙って彼の後をついて歩いた。

夜会会場に続く大きな窓が見えてきたところで、テラスにひとり立つセシリオを見つけた。どうやら、エイブラハムが帰る前に軽く事情説明したらしく、セシリオはアドルフォに案内されているベアトリスを見つけるなり、すぐに傍へ駆け寄ってくれた。

「私の友人の不手際のせいで、アドルフォには迷惑をかけてしまったね。妹を無事に連れてきてくれてありがとう」

「いいえ、我が女神の御ためならば、私は粉骨砕身《ふんこつさいしん》で尽くします！」

「私に尽くすくらいで砕けるようなやわな騎士はいらん。出直して来い」

「ええ～、ベアトリス、そこでそういう切り返ししちゃうの？」

「申し訳ありません。私としたことが、弱音を吐きました。獅子奮迅《ししふんじん》の勢いで尽くし続けます！」

「うん、そうだね。アドルフォはこれくらいじゃめげない子だったね。忘れてたよ」

セシリオの憐憫《れんびん》に気づいていないのか、あえて無視しているのか、アドルフォはベアトリスの前でひざをつくと、彼女の手を取ってくちづけを落とそうとする。それを、ベアトリスは振り払った。

「能書《のうが》きはいい。私は、口先ばかりの男がこの世で一番嫌いだ。態度で示せ」

忠誠を誓おうとしたのに袖《そで》にされ、アドルフォは落ち込むどころか目を輝かせた。

「……はい！　我が女神の期待に、このアドルフォ、必ずや応えてみせます！」

「え、いまのどこが期待しているってことになるの？」

セシリオの的確な突っ込みを、やはりアドルフォは無視して颯爽《さっそう》と持ち場に帰っていった。

アドルフォが去っていくと、ベアトリスはその背中を見送ることもせず、セシリオへと向き直った。

「エイブラハムはなんと言って説明したんだ」

アドルフォのことなどすでに頭にないベアトリスに、セシリオは苦笑をこぼした。

「少々事情があって帰らなければならない。ベアトリスを頼むって言っていたよ」

「兄様に後を頼む気づかいができるなら、私を置いてきぼりになどしないでほしかった」

ぶっすりとした顔で不満を述べるベアトリスを、セシリオは「まぁ、まぁ、そんなに怒らないで」となだめる。

「あのマイペースなエイブラハムにそんな気遣い期待するだけ無駄だよ。ベアトリスのことを僕に託しただけでも驚きだっていうのに」

　エイブラハムをよく知るセシリオの主張に、ベアトリスは渋々ながら納得する。あの、怒り心頭といった様子の紳士を背後にひっさげた状態で、それでもセシリオのもとへベアトリスのことを頼みに行ったということは、彼なりに自分のことを気遣ってはくれたのだろう。調薬中で手が離せないからと、いっさいの迷いもなく淑女を部屋に招いていたことを思えば、成長したのかもしれない。主に、ベアトリスを女性と認識した、という点で。

　しかし、ベアトリスがエイブラハムに対する溜飲《りゅういん》を下げたのは、その一瞬だけだった。

　セシリオとともに会場へ戻るなり、ベアトリスは男どもに囲まれた。いつもセシリオのエスコートしか受けなかったベアトリスが、ルビーニ家という特殊な存在とはいえ身内以外のエスコートを受け、さらにエイブラハムのみならずラハナ国の王太子ともダンスを踊ったため、今夜はいつもよりガードが薄いと男どもが勘違いしたのである。

　しかも、エスコート役であるはずのエイブラハムがベアトリスの傍にいない。つまり、ベアトリスにはいま隣に立つ男がいないということになる。であれば、その隣にぜひとも自分が収まりたいと、男どもが群がったのだ。

　結果、夜会会場にいる独身男性全員がベアトリスひとりに集まり、その手を取ろうと押し合いへし合い争いはじめ、仕舞いには乱闘騒ぎとなって近衛騎士が動く事態となった。

　図らずも騒動の原因となってしまったベアトリスは近衛騎士に囲まれる形で屋敷へ強制送還

となり、さらに、神国王直々に、しばらく夜会には参加しないようにとのお達しまでいただいてしまった。

ベアトリスは、少しやつれたグスターボから受け取った神国王の書状（夜会参加禁止令）を怒りに震える手で握りつぶし、腹の奥底から叫ぶ。

「エイブラハムめええええぇぇぇっ！」

怒りの咆哮《ほうこう》を聞きながら、セシリオとグスターボはただただベアトリスに同情するのだった。

踏んだり蹴《け》ったりだった夜会から数日。いまだ怒りが冷めやらないベアトリスは、今回の騒動の引き金となった人物、イェステ伯爵とその娘について調べた。

自室にてお茶を飲みつつ、ベアトリスは集まった資料に目を通す。

イェステ伯爵は王都のほど近くに小さな領地を持つ貴族で、昨夜のような王家主催の舞踏会でもないかぎり領地から出てこないため、中央権力への影響力は少ない。ただ、緑豊かな領地を持っており、ときどきルビーニ家の魔術師が薬草を採取しに行くそうだ。その縁でイェステ伯爵の娘ミランダとエイブラハムは幼いころから面識がある――いわゆる幼馴染《おさななじみ》という間柄らしい。また、年頃であるミランダは数年前から母親とともに王都で暮らし、婿候補を探すために夜会へ参加しているという。

幼馴染か——と、ベアトリスは書類から視線を外して遠くを見やる。ベアトリスには幼馴染と呼べる存在がいない。それは箱入り娘でほとんど屋敷にこもっていたから、ではなく、孤児院にばかり顔を出して貴族の子女が集まるお茶会などにまったく顔を出していなかったからである。社交デビューをしてから親しくなった令嬢もいるため、貴族の友達がいないということはないが。ただ、幼馴染からの恋という、ロマンス小説の定番ともいえるシチュエーションには少なからず憧れがあった。

ベアトリスは資料のひとつであるミランダの姿絵を見る。実り豊かな土のようなこげ茶の髪に、青々と茂る葉のように深い緑の瞳を持つ女性で、少々ぽっちゃりとした印象ではあるが、おっとりと微笑《ほほえ》む頬《ほお》は柔らかそうで愛らしい。誰もが見惚《みと》れる美人ではないものの、そのふっくらした体型といい、男を安心させる母性のようなものを感じる。どんなに努力しようとベアトリスには手に入らない、いわゆる癒《いや》し系の雰囲気《ふんいき》を持つ女性だ。

「……エイブラハムは、こういうほっとできる女性が好きなのだろうか」

難しい表情でミランダの姿絵をにらみつけながら、ベアトリスはぼやく。

『ベアトリスには、ベアトリスの魅力があるよ！』

『ベアトリスは女王様だから癒しなんていらないの！』

『え～、ベアトリスって意外と天然で癒し系だと思うけどな』

どこからともなく精霊の慰めが聞こえてきたが、ベアトリスはため息とともに資料をテーブルに放り投げた。

資料によると、エイブラハムがミランダに求婚したという事実は確認できなかったらしい。まだ公表できない内々の話か、もしくはイェステ伯爵が勝手に言いだしているかのどちらかということだろう。夜会でのエイブラハムの反応を見る限り、前者の可能性が高いと考えられる。だったらあんなまどろっこしい言い方などせず、認めてしまえばいいはずだ。

――すまない、ベアトリス。僕は君のエスコートを引き受けるべきではなかった――

「……エイブラハムめ、あの言い方では、イェステ伯爵の言葉が本当なのか否《いな》か判断できないではないか」

ベアトリスは苛立《いらだ》った声でつぶやく。もしも本当にエイブラハムがミランダに求婚しているならば、これ以上ルビーニ家を訪れるべきではないだろう。

エイブラハムと会えなくなったところで、ベアトリスが困ることはない。当初の目的だった精霊についての知識は十分に手に入れている。最近は調合や薬草に関する知識を蓄《たくわ》えていたが、それもエイブラハムが研究ばかりしているから、ただの見学も少しは有意義なものになるかな、と思ってしたことだ。調薬自体に興味を持ったわけではない。

だから別に、エイブラハムとはこれっきりでも構わない。

それなのに――

『ベアトリス、エイブラハムに会わないの？』

『エイブラハム、気にしてるよ。ベアトリスを置いて帰ったこと』

精霊たちにそう言われるたび、たまらない気持ちになるのはなぜだろう。

エイブラハムに会いたくて会いたくて、いますぐ屋敷を飛び出したくなるのはどうしてなのだろう。

ベアトリスはため息とともに、ミランダの資料が散らばるテーブルに突っ伏す。

「私のことが気になるなら、自分から会いに来い」

あんな出来事の後では、ベアトリスからはどうしても会いに行きづらい。会いたいと言うのなら、気にしているというのなら、エイブラハムの方から来てくれたらいいのに。

いままでずっと、ベアトリスが会いたいなと思ったときにルビーニ家へ向かっていた。ひきこもり気味なエイブラハムは必ず屋敷にいたし、精霊が事前に話を通してくれるため、エイブラハムは必ずベアトリスを出迎えてくれた。

でも、もしかしたら、会いたいと思っていたのはベアトリスだけだったのかもしれない。

一緒にいるだけで心が落ち着いて、研究する背中を眺めるだけで楽しくて、一緒に調合して同じものを見ることができてうれしかったのも、ベアトリスだけだったのかもしれない。

そう考えたとたん、視界がにじむ。喉《のど》が詰まって、口元がわなないた。

「うっ、うぅ～……」

こらえきれず、テーブルに突っ伏したままとうとう嗚咽《おえつ》を漏《も》らせば、精霊たちの慌てる声が聞こえてきた。

『ベアトリス、ベアトリス、泣かないで！』

『大丈夫だよ、エイブラハム、ベアトリスのことちゃんと考えてるから！』

『泣かないで、ベアトリス、もうすぐだから！』

なにがもうすぐなのだろうと思い、ベアトリスが顔をあげると、図ったかのように扉が叩かれた。

「お嬢様、エイブラハム・ルビーニ伯爵より、贈り物が届いております」

エイブラハムと聞き、ベアトリスは頰を濡らす涙を乱暴にぬぐって扉を開け放った。執事はベアトリスの顔を見て泣いていたことに気づいたようだが、あえてなにも言わずに胸に抱える箱を差し出した。両手で抱えねばならないほど大きな箱は、赤いリボンで装飾してあり、ひと目で贈り物だとわかる。リボンに挟むように添えてあるカードには、あて名と送り主の名前のみでメッセージなどは書いてなかった。

執事から箱を受け取ったベアトリスは、すぐさまミランダの資料が散らばるテーブルの上に箱を置いてリボンをほどく。期待とも恐怖ともつかぬ感情を持て余しながら、バカみたいに慎重に箱を開けば、濃い紫の布が折りたたまれていた。

まさかと思い、ベアトリスはその布を引っ張り出す。広げてみれば、それは魔術師のローブだった。

ベアトリスはすでに、同じ色のローブを持っている。それは以前、エイブラハムに会うために自分で用意したもので、エイブラハムたちが着ている魔術師のローブとは似て非なるものだった。

魔術師が着るローブは、どれほど危険な実験液を被《かぶ》ろうとも大けがしないよう、燃えにくく溶けにくい布を使っているという。さらに、ローブの裏には小さなポケットがいくつもついていて、意外と使い勝手がよくできていた。

ルビーニ家が特注で作っているという魔術師のローブが、いま、ベアトリスのもとへ贈られた。改めて箱を見ると、濃い紫のローブだけでなく、こげ茶のローブ――フェランが纏《まと》うローブも入っていた。

「は、はは……あはははっ」

ベアトリスは声に出して笑いながら、ローブを抱きしめて頬を寄せる。

わざわざベアトリスとフェランのローブを特注して贈りつけてくる理由なんて、ひとつしか思い浮かばない。

「会いたいなら、会いに来ればいいものを……あのひきこもり魔術師め」

満面の笑みを浮かべながらベアトリスは悪態をつき、箱からフェランのローブを引っ張り出して部屋から飛び出した。

「フェラン、いまからエイブラハムのところへ行くぞ！　この間の騒動について、説明してもらおうじゃないか」

エイブラハムからもらったローブを纏ったベアトリスは、いつものようにつんと顎《あご》をそらし、意気揚々《ようよう》と宣言してルビーニ家へと向かったのだった。


ルビーニ家へと向かった馬車は、それほど時間が経たぬうちにファウベル家のもとへ戻ってきた。

しょんぼりと落ち込んだ、ベアトリスを乗せて。

出迎えに現れた使用人たちは、出かけるときとは正反対な様子のベアトリスを見て困惑したものの、執事長が普段通りに接しているためなにも聞いてこなかった。

自分の部屋に戻ったベアトリスは、羽織《はお》っているローブを脱ぐことすらせずベッドに飛び込んだ。普段なら、こんなはしたない真似《まね》をすればすぐさま侍女《じじょ》から小言《こごと》が飛んでくるのに、今回ばかりは見逃してくれているらしい。着替えやお茶が必要ないかの確認だけして、ベアトリスが必要ないと答えると、静々と部屋を出ていってしまった。

『ベアトリス、落ち込まないで！』

『今日のことは誤解なんだよ！　ミランダが現れたのはたまたまだけど、たまたまじゃなくて……ちゃんと理由があるんだよ！』

「エイブラハムに会いに来たのだろう。そんなこと、わかっている」

精霊たちの声にそう答えて、ベアトリスはベッドに顔をうずめた。

上機嫌でルビーニ家へ向かったベアトリスが、こんなにも落ち込んでいる理由。それは、ルビーニ家の前で、ミランダを目撃してしまったからだ。

ベアトリスが乗っていた馬車が突然止まったため、何事かと御者に問いかけたところ、ルビーニ家の門前に別の馬車が停まっていると聞き、ベアトリスは窓から様子をうかがってみた。

すると、馬車から姿絵とそっくりな女性――ミランダが降りてきたのだ。頬を染め、幸せそうに微笑みながら小走りで屋敷へと入っていく彼女を見て、ベアトリスは確信した。

ミランダは、エイブラハムに会いに来たのだと。そして、エイブラハムも彼女を歓迎しているのだと。

だって、ミランダは魔術師のローブを羽織っていたから。

「ふっ、うぅ～……うえぇぇん……」

あのときのミランダを思い出し、ベアトリスは声を漏らして泣きだす。

『ベアトリス、お願い、泣かないで！』

『誤解だよ、ミランダはエイブラハムに会いに来たけどそうじゃないんだよ！』

必死に慰める精霊たちの声が聞こえても、ベアトリスはベッドから顔をあげられなかった。

まるで恋人に会いに行くかのような、幸福に満ち満ちた様子のミランダを目撃してしまったベアトリスは、そのまま引き返してしまったのだ。

もしもあのまま会いに行って、イェステ伯爵の言葉が本当なのだとエイブラハムに言われたら。そして、寄り添うエイブラハムとミランダを見たら……きっと、ベアトリスは立っていられなくなる。それどころか、いまみたいに無様《ぶざま》に泣き濡れてしまうかもしれない。

どうしてそんなことになるのか、自分で自分が分からない。友人が恋人と結婚するなら祝福するべきだろう。

そんな簡単なことが、ベアトリスにはどうしても出来なくて。それどころか、そんな未来を考えるだけで吐き気がするほど胸が苦しくなった。こんな気持ちになるのは初めてで、まるで底なし沼にはまったかのように、ベアトリスの心はずぶずぶと沈んでいくばかりだった。


扉を叩く音が響き、ベアトリスは目を開く。いつの間にか眠っていたらしく、窓から差し込む陽の光が白から赤に変化していた。

「お嬢様、いらっしゃいますか」

扉の向こうから、執事の声が聞こえてくる。うつぶせで眠っていたため、ところどころ痛む身体《からだ》を無理矢理起こし、「入れ」と声をかけた。

部屋へ入ってきた執事は、ベッドの上で座り込むベアトリスを見るなり、ほっと胸をなでおろした。その様子を不審に思ったベアトリスが「なにかあったのか？」と問いかければ、執事は逡巡《しゅんじゅん》したのち、一枚の紙を差し出した。

受け取った紙はくしゃくしゃで、丸めて捨てたあとのようだった。広げてもグニャグニャと折れ曲がっていて判読しづらい文章を読み、ベアトリスは「なんだこれは」と眉《まゆ》をひそめた。

『ファウベル侯爵令嬢は預かった。無事に返してほしくば、金を出せ』

この他にも具体的な金額や、万が一拒否した場合の人質の末路などが書いてあったが、肝心《かんじん》なことが間違っている。

「私は、誘拐《ゆうかい》されてなどいないぞ？」

「はい。さようでございます」

ベアトリスと執事は顔を見合わせ、首をひねる。ベアトリスが誘拐されていないなら、いったい誰が誘拐されたというのだろう。

ひとつの可能性が浮かび、ベアトリスは息を飲んだ。

ベアトリスと間違われる可能性がある女性が、ひとりだけいる。

今日、ベアトリスが出かけたのは一度きり。エイブラハムの家へ向かったときだった。あのときは屋敷の前でミランダを見かけ、なぜだか心が沈んでしまい帰ってきたけれど、もしも、ベアトリスの外出を知った誘拐犯が、ベアトリスがルビーニ家から出てくるのを待ち受けていたとしたら？

ベアトリスと間違えて、ミランダが誘拐されたかもしれない。

ざぁっと全身から血の気が引く。ベアトリスは、すぐさま執事に最悪な予想を打ち明け、このことをグスターボとセシリオに伝えるよう命じた。

「私はいまからルビーニ家へ向かい、最悪な予想が外れていないか確認してくる」

「お嬢様が狙われているのですよ!?　私どもに任せて、どうか屋敷でおとなしくしていてください」

執事の至極《しごく》まっとうな主張に、ベアトリスは首を横に振った。

「私の身代わりに誘拐され、危険な目にあっているかもしれないのだ。それなのに、安全なところで待つなんてできるか！　止めようとも、私は行くぞ」

ベッドから飛び降りたベアトリスは、「フェラン！」と声を張りながら廊下《ろうか》へと飛び出す。すぐさま傍へ駆け付けたフェランに事情を説明し、そのまま馬車に乗ってルビーニ家へと向かった。


「邪魔するぞ、エイブラハム！」

ベアトリスが玄関を開け放ってフェランとともに屋敷へ入れば、玄関広間にエイブラハムともうひとり、面識のない魔術師がいた。見知らぬ魔術師は傷だらけで玄関広間の階段に座り、向かいに座るエイブラハムが傷の手当てをしていたらしい。

ふたりはベアトリスに気づくなり、表情をこわばらせる。それを見てベアトリスは確信した。

「ミランダ伯爵令嬢が……誘拐されたんだな？」

それは最早、問いかけではなく、確認だった。

そしてエイブラハムは、動揺《どうよう》するまいと自分を律しているかのような厳しい表情で、うなずいた。


ミランダが誘拐されたのは、陽が傾き始めたころ。ファウベル家に脅迫状《きょうはくじょう》が投げ込まれる少し前の出来事らしい。

「私が、ミランダ様を見送ったのです。客車の扉を開けたとき、中から見知らぬ男が出てきて、ミランダ様を無理矢理馬車に引きこみました。私はすぐさま助けだそうとしたのですが……まったく歯がたちませんでした」

沈痛な面持《おもも》ちでそう告白したのは、エイブラハムに手当てを受けていた魔術師だ。名前はブルーノといい、魔術師のイメージどおりやせっぽちな身体では、誘拐犯相手に戦うなど無理だったのだろう。

「ベアトリス！　エイブラハム！」

ブルーノの話を聞いていたところへ、セシリオとアドルフォが現れた。セシリオはまだしも、なぜアドルフォまで現れるのかとベアトリスがセシリオをにらめば、彼は仕方がないとばかりに肩をすくませた。

「誘拐が事実なら、僕たちだけでは対応できないだろう」

「だが、王都警備兵に知らせるなと脅迫状には書いてあったではないか」

「だから、アドルフォを呼んだんだよ。彼は近衛《このえ》騎士だ。王都警備兵じゃない」

「そんなの……ヘリクツだ！」

「そうだよ、ヘリクツだよ。卑怯《ひきょう》と言われようとも、打てる手はすべて打たないといけない。人ひとりの命がかかっているのだからね」

常にない低く落ち着いた声で諭《さと》され、ベアトリスは口を閉じる。一手でも間違えば、ミランダの命が危うくなる。馬鹿正直に誘拐犯の指示に従っている場合ではない。

「……わかった。いまはイェステ伯爵令嬢を救い出すことが第一だ。そのために、お前の力を貸してほしい、アドルフォ」

ベアトリスに頼まれ、アドルフォは胸に手をあてて大きくうなずいた。

「お任せください、ベアトリス様。私は元王都警備兵です。必ずやお役に立ってみせましょう」

セシリオとアドルフォを加え、ベアトリスたちは改めて状況確認することにした。ミランダがベアトリスの身代わりに誘拐されたことは確実で、しかも、誘拐犯は間違えて別人を誘拐したことにまだ気づいていない。となると、下手《へた》に真実を暴露して誘拐犯を刺激するより、ここはベアトリスが誘拐されたと装った方がいいかもしれない。

「アドルフォ、お前は以前、貴族令嬢を狙った誘拐が起きていると話していたな。その令嬢たちは、どうなったのだ」

「誘拐された令嬢は、指定された金額を差し出せば無傷で帰ってくるそうです。公《おおやけ》になっていない被害者もいるかもしれませんが……いまのところ、どこかの令嬢の死体が見つかった、というような物騒な話は聞きません」

令嬢の死体と聞き、ブルーノはすでに青かった顔色を真っ白に変えた。いまにも昏倒《こんとう》してしまいそうで、エイブラハムが部屋で休むよう促したが、彼はこの場に残ると言ってきかなかった。

「イェステ伯爵は今回のことを知っているのか？」

窓に貼りつく蔦《つた》の隙間《すきま》から見える空はもう暗くなっている。一緒に王都へ出てきたという母親が心配していてもおかしくない時間帯だ。ベアトリスの問いに、エイブラハムが「大丈夫だよ」と答える。

「我が家にはミランダと仲がいい女性の魔術師がいてね。彼女と話し明かしたいから泊まっていくと嘘の知らせを遣わした」

「そ、そんな見え透いた嘘で大丈夫なのか？」

「平気だよ。何度か本当に泊まったことがあるからね。まったくの嘘じゃない」

ミランダがルビーニ家に泊まったことがある——その事実を知って、ベアトリスは少なからずショックを受けたが、いまは余計なことを考える時ではない。無理矢理頭を切り替えた。

「娘が誘拐されたというのに、イェステ伯爵へなにも伝えなくていいのだろうか」

あまり考えたくはないことだが、万が一ということもある。ベアトリスの当然の不安を、セシリオが頭を振って否定した。

「イェステ伯爵はすでに自分の領へ戻り、現在王都の屋敷には伯爵夫人しかおられない。状況が全《まった》く見えていないのに話したところで、いたずらに動揺《どうよう》させるだけだよ。もう少し様子を見るべきだ」

「そうですね。状況から考えるに、誘拐犯はまだベアトリス様を誘拐し損《そこ》ねていると気づいていないでしょう」

セシリオとアドルフォに諭され、ベアトリスは本当にそれでいいのかという迷いを抱えながらも引き下がる。セシリオは「状況が動いたらすぐにイェステ家へ報せられるよう、手は打っておくから安心して」と慰めた。

「あと、身代金《みのしろきん》も、ファウベル家で用意するのが無難だろうね」

セシリオの言葉に、この場にいる全員が同意した。

「脅迫状には、身代金の受け渡し方法は追って報せると書いてあった。しかし、時間をかければかけるほど、イェステ伯爵令嬢が危険にさらされるだろう。なんとか彼女の居場所を割り出せないのか？」

「王都警備兵にはいまでも顔が利《き》きますので、兵士を動かして調べることは出来ますが……」

アドルフォの歯切れ悪い主張を、セシリオは首を左右に振って却下《きやっか》する。

「王都警備兵を動かすのはやめた方がいい。誘拐犯がどこかで見張っているかもしれないからね」

「となると……やはり誘拐犯からの接触を待つしか――」

「あるよ」

必死に次の一手を考えるベアトリスたちの会話に、エイブラハムのおっとりとした声が割り込む。いったいなにを言っているのかわからず、一同がエイブラハムへと注目すると、救急箱を胸に抱える彼は、やはりこともなげに言った。

「ミランダの居場所なら分かるよ。精霊に聞けばいい」

精霊と聞き、アドルフォは訳が分からないと眉間《みけん》にしわを寄せたが、ベアトリスとセシリオはそれを無視した。

「しかし、エイブラハム。精霊の力を借りるには、対価が必要なのだろう？　いったい、どんな対価を払えばいいのだ」

「それは精霊に頼んでみないとわからないよ。ねぇ、みんな。ミランダを助けたいんだけど、居場所を教えてくれないかい？」

エイブラハムが視線をやや上に向けてそう声をかければ、どこからともなく『いいよ〜』という声が響いた。アドルフォの前であるため、ベアトリスはその声に反応できなかったが、エイブラハムが「いいよだって」と説明した。

『そのかわり、お願いを聞いてほしいの〜』

「あぁ、うん。対価だよね。いいよ、なにをすればいいのかな？」

『ベアトリスをね、エイブラハムがぎゅっとするの！』

まさかのお願いに、ベアトリスは思わず「へっ!?」と素《す》っ頓狂《とんきょう》な声をあげてしまった。

「ベアトリス様？　どうかされたのですか？」とアドルフォに不審がられ、ベアトリスは慌てて「すまない。いま、誰かに名前を呼ばれた気がしたんだ」とごまかした。

「それ、空耳じゃないよ。精霊がね、君を指名したんだ」

エイブラハムがすかさずフォローを入れると、アドルフォは「精霊が？」と言ってエイブラハムを見た。

「そう。精霊が、僕にベアトリスを抱きしめろってさ」

「そ、そんな馬鹿な話、信じられるわけがないだろう！　ただ単に、お前がベアトリス様に触れたいだけではないのか!?」

憤慨《ふんがい》するアドルフォを、セシリオがなだめた。

「アドルフォの気持ちもわかるけど、エイブラハムの言っていることは本当だよ。僕は付き合いが長いからわかる。精霊は、実在するんだ」

「そうだとしても、なぜ、ベアトリス様がこやつに触れられなければならないのです！」

「ベアトリスを抱きしめるよう望んだのは僕じゃなくて、精霊だよ。僕に精霊の気持ちなんてわからないよ」

　エイブラハムの投げやりな言い分に、アドルフォはさらに激昂《げっこう》する。腰へ提げた剣に手を伸ばし、いまにも抜刀《ばっとう》しそうなアドルフォを、ベアトリスの脇で待機していたフェランが背後から羽交《はが》い締《じ》めにして押さえた。

「はいはいはい、エイブラハムもアドルフォも、やるかやらないかはベアトリスが決めることだよ。君がここで喚《わめ》いたところでイェステ伯爵令嬢は見つからないんだから」

　フェランに羽交い締めにされてもなおもがいていたアドルフォだったが、セシリオになだめられて渋々おとなしくなった。

「それで、エイブラハム。お前に抱きしめられれば、精霊はイェステ伯爵令嬢の居場所を教えてくれるんだな」

「ベアトリス様！」というアドルフォの叫びを無視し、ベアトリスはエイブラハムの前に立つ。エイブラハムも胸に抱える救急箱をブルーノに託し、自由になった両腕でベアトリスを抱きしめた。

エイブラハムの両腕に包まれたベアトリスは、彼の胸に頬《ほお》を寄せてひとつ息をする。薬草の香りが鼻をくすぐり、なぜだか身体の力が抜けた。今日は朝から怒って喜んで落ち込んで泣いてと、嵐がやってきたかのように目まぐるしかったけれど、こうやってエイブラハムの傍にいると、大荒れだった心が不思議と落ち着いた。

目を閉じて、エイブラハムの存在を全身で実感していると、精霊からさらなる指令がやってきた。

『それじゃあ、そのままエイブラハムは私たちが指示する通りに話してね～』

そう言ったっきり、ベアトリスには精霊の声が聞こえなくなった。というのも、エイブラハムの耳もとでささやいているらしく、エイブラハムが「それって、いまここで言う意味あるの？」と文句を言っている。しかし、精霊が『言わなきゃダメ！』とベアトリスにも聞こえる声で怒鳴ったため、エイブラハムは「耳もとで大声を出さないでよ」と顔をしかめ、ため息をついてから口を開いた。

「ベアトリス、この間は置いていったりして、ごめん」

先日の夜会のことだとすぐに思い至り、ベアトリスは身体を強張《こわば》らせる。エイブラハムはそんな彼女を無視して言葉を続けた。

「ミランダのことは、誤解なんだ。いまは事情を説明できないけれど、いつかきっと話すから、その時まで、僕を信じて待っていてほしい」

エイブラハムの言葉は、精霊たちの願いを聞いているだけであって、彼自身の言葉ではない。分かっているのに、ベアトリスはどぎまぎしてきた。

つまり、エイブラハムはミランダとの婚約を望んでいないということだろうか。そして、いつか説明するときまで待っていてほしいとは、信じてほしいとは、いったいどういうことなのだろう。

「ここ数日、君に会えなくて寂しかった。どうすれば君に会いたいと伝えられるだろうかと考えて、ローブを贈ることにしたんだよ。こうやって、着てくれてありがとう。気に入ってもらえたようで、よかった」

精霊が言わせている言葉と分かっているのに、エイブラハムの口から会えなくて寂しかったと言われ、ベアトリスの胸にどうしようもない喜びがこみあげてくる。自分だけが一方的に会いたがっているのかと不安になっていたけれど、エイブラハムも同じように会いたいと思って、わざわざローブを用意しただなんて。嬉しくて恥ずかしくて顔が赤くなった。

『ベアトリス、かわいい！』

『顔赤い！　純情！』

精霊たちのはしゃぐ声が響き、ベアトリスは両手で顔を隠す。すると、エイブラハムが突然離れ、さらにひゅんと風が目の前を通り過ぎていくのを感じた。

ベアトリスが両手を下ろすと、一歩離れた位置で立つエイブラハムと、剣を振り下ろした格好のアドルフォがすぐ斜め前に立っていた。

「貴様、黙って聞いていれば……私の目の前でベアトリス様を口説《くど》くなどと、不届き千万！」

「いや、だから、精霊に指示されたんだって」とエイブラハムが説明しても、アドルフォは
「言い訳など聞かん！」と怒鳴るだけで怒りをおさめそうにない。

「仕方がないやつだな……フェラン、やれ」

「天誅《てんちゅう》！」

ベアトリスの指示を受け、フェランは鞘《さや》に納めたままの剣でアドルフォの後頭部を殴《なぐ》った。うつぶせに倒れたアドルフォの背中に、ベアトリスは自らの足を乗せる。

「余計な邪魔が入ってしまったが、精霊は満足できたんだろうか」

エイブラハムは、踏みつけられているというのに「ベアトリス様のおみ足が……私の背中に！」と奇声を発するアドルフォを畏怖《いふ》の目で見つめたあと、ベアトリスへと視線を戻して
「満足したと思う」と答える。

『ミランダの居場所、教えてあげる』

『あのね、あのね、宿にいるの。ファウベル家の孤児院がある区域だよ』

「孤児院がある区域の宿だそうだ」

「えらくざっくりとした情報だね。あの区域に、宿がいくつあると思っているの？」

セシリオが不満を漏《も》らすと、精霊がさらなる情報を口にする。

『宿の一階はね、酒場でもあるんだよ』

「宿の一階は酒場だそうだ」

「宿の一階は、たいてい食堂や酒場になっているものだよ」

もっと具体的な情報を要求され、エイブラハムが精霊に問いかけようとしたそのとき、「あのぉ」と、ずっと黙っていたブルーノがおずおずと意見を述べた。

「精霊たちに、道案内をしてもらってはいかがでしょう？」

「そうか、その手があったね」

いい考えだと感心するエイブラハムに、今度はベアトリスが水を差す。

「……しかし、エイブラハムが案内するのはよくないんじゃないか。この屋敷が監視されている可能性は、十分にあるんだ。もしも案内しているところを尾行されたら……」

ベアトリスの意見に、セシリオも同意する。

「少なくとも、僕とアドルフォがルビーニ家へやってきたことくらいは把握《はあく》しているだろうね。エイブラハムが救出活動に関わるのは避けた方がいい」

「でしたら、私が案内いたします！」

ブルーノは自分の胸に手をあて、力強く宣言する。

「私は、精霊の声を聞くことはできませんが、精霊の姿を見ることはできます。ですから、彼らに頼んで問題の宿屋まで案内してもらうことができます」

ブルーノならば屋敷から出ていったところで不審に思われないかもしれない。だが、万が一ブルーノの後をつけられてしまったら、ミランダの身に危険が及ぶだろう。

ブルーノが出ていっても誘拐犯《ゆうかいはん》の目に留まらないよう、なにかもう一手打っておきたい。ベアトリスがそう考えていると、エイブラハムが顎《あご》に手を添えて「ふむ」と首を縦に振った。

「僕がセシリオと一緒にファウベル家へ向かうというのはどうだろう。ベアトリスはルビーニ家の門前で誘拐されたことになっているんだ。だったら、僕が責任を感じてファウベル家へ向かったところで、なんらおかしなことはないよね」

「……確かに、エイブラハムの言う通りだ。もしも僕を追いかけてこの屋敷を誘拐犯が見張っていたとして、僕と一緒にエイブラハムが動けば、ほぼ間違いなく見張りも動くだろうね」

「それじゃあ、兄様とエイブラハムがファウベル家へ向かってから、頃合いを見てブルーノに案内させる……そういうことでいいか」

ベアトリスが確認すると、この場にいる全員が同意した。

「残る問題は、ブルーノと一緒に誰が行動するか、だけど――」

セシリオは思案しながらベアトリスへと視線を移す。目が合った彼女は、顎をつんとそらした。

「私が行く」

「ベアトリス様⁉」

ベアトリスの立候補に異議を唱えたのは彼女に踏みつぶされるアドルフォだけだった。エイブラハムとブルーノは純粋に驚いているだけだが、セシリオとフェランに至っては、やっぱりそう言うよな、と言わんばかりの顔をしていた。

アドルフォはベアトリスの足の下から這《は》い出し、詰め寄る。

「なにを考えているのです！　あなたを誘拐しようとした極悪人どもの根城へ向かうんですよ！」

「だからだ！　私の身代わりにイェステ伯爵令嬢はとらえられてしまった。それなのに、ひとり安全なところで待つだなんて、できるわけないだろう！」

「ですが……いくら何でも危険すぎます！」

「大丈夫だ。私にはフェランがいる。それに、お前も私を守ってくれるだろう？」

「わ、私ですか？」

アドルフォは目を見開き、震える手で自分を指さした。そんなアドルフォへ、ベアトリスは妖艶《ようえん》に笑いかける。

「そうだ。近衛《このえ》騎士であるお前ならば、どんな危険からも私を守り抜いてくれるだろう。だから、大丈夫だ」

「……は、はい！　このアドルフォ、ベアトリス様をどんな危険からも守って見せましょう！お任せくださいませ!!」

ベアトリスからの全幅の信頼を向けられたアドルフォは、喜び勇んでベアトリスの同行を許してしまった。

「あ〜ぁ、アドルフォってば手のひらで転がされちゃってるよ」

『コロコロ！』

『チョロすぎ！』

セシリオと精霊たちの率直《そっちょく》な感想は、幸いなことに感涙するアドルフォの耳に届くことはなかった。

セシリオとエイブラハムがふたり連れだってファウベル家へと向かってからしばらく後、ベアトリスたちはブルーノの案内でミランダが捕らえられているという宿へ向かった。

件《くだん》の宿は、孤児院がある区域のなかでも外側、比較的開けた場所に存在していた。馬車一台くらいなら通り抜けられる道沿いに、いくつも宿や酒場などが並んでいる。

ベアトリスたちは問題の宿の脇、家屋の隙間《すきま》に身を隠しながら、中の様子をうかがう。窓からそろりとのぞき込むと、ごろつきにしか見えない男たちが酒場で酒を飲んでいた。酒場には簡素な舞台があり、隅に置かれたピアノを誰かが演奏している。宿の受け付けも兼ねているのだろうカウンターの脇には階段があり、エイブラハムの話では、二階の手前から三番目の部屋にミランダが閉じ込められているらしい。

「ここまで案内してもらいましたが……どうやって中に入りますか？」

アドルフォの問いにブルーノが「客として入ってはどうでしょう」と提案したが、それをフエランが却下《きやっか》した。

「敵の数が分からない以上、下手《へた》に踏み込むのはよくないと思います。せめて、酒場にいる男たちをひきつけることができれば……」

酒場の客がすべて共犯者だとは思わないが、ミランダを見張るだけなら部屋にひとりかふたりいれば済むことだろうし、犯人グループの何人かは客の中に紛《まぎ》れて酒を飲んでいるだろう。彼らを一階にとどめ置くことができたら、ミランダ救出はぐっと楽になるはずだ。

なんとか彼らの気を引く方法はないだろうかとベアトリスが思案していると、宿屋の前を、一組の男女が通り過ぎていった。ふたりはひと目で親密な関係だとわかるくらい身を寄せ合っている。女性の方はどうやら踊り子かなにかのようで、スカートの左側に、太もものあたりまでぱっくりとスリットが入った大胆《だいたん》なドレスを着ていた。

ふたりとも相当酔っているのか、おぼつかない足取りで歩いていく。その背中に、ベアトリスは声をかけた。

「ちょいとお邪魔するよ！　あたしは旅の踊り子さ。一曲、ここで踊らせてもらえるかい？」

そう言って酒場へ入ってきたのは、濃い紫のローブを頭からかぶった女だった。彼女は店主の返事も聞かずに店の奥の舞台に立つと、おもむろにローブを脱ぎ捨てた。

ローブの下から現れたのは、真っ赤なドレス。胸元を強調するように大胆にカットされた襟《えり》ぐりに、折れるのではないかと思うほど細い腰。華やかに広がるスカートには、きわどい高さまでスリットが入っている。しかし、何重にも生地を重ね、裾《すそ》にはフリルがあしらってあるため、足を振り上げでもしない限り太ももまで拝めそうになかった。

身体《からだ》だけで男の視線を釘付けにした女の顔は、帽子についた黒のチュールが隠していてわからない。ただ、唯一覗《のぞ》く唇は薄いながらも鮮やかに色づき、なんとも不思議な色香を発していた。

女は片手でスカートの裾を持ち、もう一方の手を高く掲げると、歌を口ずさみながらゆっくりとステップを踏み出した。透き通った笛の音のような滑らかな声で歌い、靴《くつ》のヒールが床を踏みつけるたび高い音を奏でる。

最初はゆったりとした曲だったが、次第にテンポが速くなり、客たちが手拍子を始める。それにつられるようにピアニストが伴奏を始めた。

「さぁ、お客さんも一緒に踊っておくれ！」

女性はそう声を張り上げて、スカートの裾をつかむ手と足を振り上げる。すると、ずっと見えなかった白く柔らかな太ももがあらわとなり、男たちは歓声をあげた。そのまま女性は舞台を降り、客のすぐそばまでよって踊りだす。立ち上がった客の両手をとって、まるで舞踏会のように客席の間を一緒に踊って回れば、次の客が女性の手をとりにやってきた。

花と花を飛び交う蝶《ちょう》のように、女性は次々に相手を替えて酒場を踊る。男たちは舞い続ける彼女の手をとろうと躍起《やっき》になり、階段を昇っていく人影に気づくものなど、ひとりもいなかった。


客や宿の従業員の注目を一身に浴びて踊る女性の正体は——言わずもがな、ベアトリスである。ベアトリスは男と歩いていた踊り子に声をかけ、彼女と自分の服を交換したのだ。踊り子はベアトリスの服をたいそう気に入り、貴族令嬢と使用人の禁断の恋だなんだと盛り上がりながら恋人とふたり消えていった。

そうして踊り子の服を手に入れたベアトリスは、自らがおとりとなっている間に、アドルフォたちにミランダの救出を頼んだ。当然のことながらアドルフォは猛反対したが、ベアトリスの手のひらでコロコロ転がされていまに至る。

ベアトリスが踊っているのは、町で祭りが行われたときに皆が踊るものだ。最初はゆっくりとしたテンポから始まり、次第に早くなって最後は全員で踊り明かすという、祭りでは定番中の定番の踊りである。貴族令嬢であるベアトリスがなぜ踊れるのかというと、フェランの妹であるロサから教わったのである。

ベアトリスの見事な踊りに触発され、今や酒場の男たちは総立ちで騒ぎ倒している。これだけどんちゃん騒ぎをしていれば、多少二階で騒ぎが起こっても誰も気づかないはずだ。アドルフォとフェランならばごろつきなんぞに後れをとるはずはないだろうし、このまま時間を稼ぎつつ朗報を待とう——そうベアトリスが思ったときだった。

ガラスが割れる音が、二階で響いた。

それは花瓶を落として割った、などという程度ではなく、もっと大きなものを壊したような音だった。そう、例えば窓のような——

『ベアトリス、大変！　犯人、ミランダを連れて逃げ出した！』

『窓から飛び降りて、逃げちゃう！』

聞こえてきた声に、ベアトリスはやはりそうかと納得する。いまや踊りに夢中になっていた客たちは天井や階段を注視しており、一部の客——おそらくは誘拐犯の仲間たちが席を立って階段へ向かい始めている。なにやら怒鳴り声まで聞こえてきて、迷っている時間はないと判断したベアトリスは、皆が二階に注目している間にするりと宿から抜け出した。

表の道に、怪しげな人間の姿はない。ならばと、先ほど身を潜めて様子をうかがった横道に潜り込み、宿の裏へとまわった。

宿屋の裏は道幅が細く、畜舎《ちくしゃ》があるため鼻につく臭《にお》いが漂っている。ベアトリスは漂う悪臭に顔をしかめながらも、ローブを被《かぶ》って裏道へ飛び出した。

「おやおやお兄さんたち、いまからお楽しみかい？」

ふたり組の男――ひとりが女性を抱えている――を見つけたベアトリスは、わざとしゃがれ声で話し、背を丸めながら男たちへと近づいた。満足な灯もない暗闇のなか、エイブラハムからもらった濃い紫のローブを頭からかぶるベアトリスの顔など、ほとんど見えていないことだろう。事実、男たちはベアトリスの声と背格好だけで彼女を老婆《ろうば》と勘違いした。

「ばあさんに用はないんだよ。引っ込んでな」

「そう邪険にするんじゃないよ。見たところ、そちらのお嬢さんは気を失っているね。もしや、嫌がるお嬢さんを無理矢理連れてきたのかい？」

逃げる際に気絶させられたのか、それとも誘拐されてからずっと意識がないのか、男の腕に抱かれるミランダはぐったりと力なく身体を投げ出し、瞳を固く閉ざしていた。男たちはそんなミランダをベアトリスから隠し、舌打ちする。

「余計な詮索《せんさく》をすると、痛い目を見るぞ」

ミランダを担いでいない男がベアトリスへとすごむも、ベアトリスはひるまず鼻で笑った。

「お前さんこそ、私の話を聞かずに後で後悔しても知らないよ。私はねぇ、見ての通りの魔術師崩れさ。私が作る薬は危ないものばかりでね、ルビーニ家に破門されちまった。でも、腕は一級品だよ」

ベアトリスは両手を掲げて大仰《おおぎょう》に語ってみせる。男たちは面倒くさげに眉間《みけん》にしわを寄せたが、構わず話し続けた。

「どうせお前さんたちはいまからそのお嬢さんと楽しいことをするんだろう？　だったら、私の薬が役に立つよ。どんな女も従順になる薬さ。欲しいだろう？」

ベアトリスは胸元に手を添え、意味深に笑って見せる。しかし実際は、ベアトリスは薬など持ち合わせていなかった。ただ男たちをこの場にとどめておきたくて口にしたはったりだ。

部屋に突入したアドルフォたちは、いまごろ誘拐犯と戦っているだろうか。優秀な騎士であるアドルフォとフェランが誘拐犯相手に後れを取るとは思わないが、ふたりを足止めしようと部屋に残ったであろう敵に加え、一階の酒場で飲んでいた仲間まで相手にしなければならないはずだ。

あとどれくらい経てばアドルフォたちが駆け付けてくれるのか見当もつかない。だとしても。なんとか時間を稼がなければとベアトリスは覚悟を決める。

「さぁ、お兄さんたち、この薬が欲しくないかい？」

薬の真偽を図りかねている男たちへ、ベアトリスが返答を急《せ》かす。顔を見合わせた男たちがこちらへと向き直ったため、なんとか興味を持たせることができたらしいと、ベアトリスは密かに安堵《あんど》した――その時。

背後で重いものが落ちた音が響き、とっさに振り返ろうとしたベアトリスの身体になにかが巻きついた。それが誰かの腕だと気づいたときには、ローブのフードと踊り子の帽子が外されてしまった。

「ははは っ、本当に現れるとは思わなかったよ、ファウベル侯爵令嬢」

背後からベアトリスを拘束《こうそく》する男が耳元で笑う。耳に男の息がかかって、ベアトリスは込み上げる吐き気を必死にこらえた。

「お前たち……攫《さら》った娘が私ではないと気づいていたのか!?」

「当然だろう。ファウベル侯爵令嬢は黒目黒髪のおっそろしい美人だって聞いていたからな。ローブのせいで顔が確認できず失敗した時は正直焦ったが、あいつが話していた通り、自ら助けに来るとは、いまこの瞬間まで信じられなかったよ」

どうやら、男たちが話す『あいつ』というのがベアトリスについての情報を流しているらしい。いったい誰がと考えていると、背後から拘束している男が、ベアトリスの顎《あご》をつかんで後ろへと振り向かせた。

「それにしても、噂《うわさ》以上の別嬪《べっぴん》さんだな。俺としては、金よりもあんた自身を手に入れたいよ」

男はベアトリスの顔をじろじろと見つめながら舌なめずりをする。欲にまみれた視線を間近で受け止めてしまったベアトリスは、足元から悪寒《おかん》がせりあがった。

「兄貴、気持ちは分かるが、この女に手を出しちゃダメですぜ」

「そうですよ。あの方に、くれぐれも丁重に扱えと言われたじゃありませんか。逆らったら、後が怖いですよ」

「確かにそうだけどよぉ、少し味見するくらいならばれやしないって」

男はそう言ってベアトリスの首元へ顔をうずめ――

『ベアトリス、息を止めて』

ベアトリスの耳に、精霊の声が響く。恐怖からきつく瞼《まぶた》を閉ざしていたベアトリスははっと目を見開き、すぐさま息を止めた。その直後、ベアトリスたちの背後から小瓶《こびん》が飛んできて、足元で音を立てて砕《くだ》けた。次の瞬間、もくもくと薄桃色の煙が立ち上り、瞬く間にベアトリスや男たちを包んだ。

「な、なんだ、この煙は!?」

男たちは突然発生した煙に驚き、すぐさま逃れようとする。薄桃色の煙はさほど間をおかずに霧散《むさん》し、後に残ったのは砕けた小瓶のかけらだけだった。男たちやベアトリスが呆然《ぼうぜん》と小瓶のなれの果てを見つめていると、畜舎の陰から漆黒《しっこく》のローブを纏《まと》った男――エイブラハムが現れた。

警戒する男たちへ、エイブラハムはにこやかに告げる。

「こんばんは。背後の家屋が燃えていますよ。そんなすぐそばにいて、熱くないんですか?」

エイブラハムがいったいなにを言っているのか理解できず、ベアトリスは眉《まゆ》をひそめる。火事なんて、どこにも起こっていない。火もないのに、熱いはずが――

「ぎゃあああああっ、火事だぁ！」

ミランダを抱える男が唐突《とうとつ》に叫び、彼女をその場に落として走り出した。もうひとりもそれに続き、ベアトリスを拘束していた男までも、ベアトリスを解放して逃げ惑う。

そんな三人へ、エイブラハムはさらなる言葉を投げかける。

「あぁ、大変だ。もたもたしていたから、服に火が移ってしまったよ」

「ひぃぃっ、は、早く、消してくれ！」

「あぁ、そんなに動かないで。どんどん火が回って、全身火だるまとなってしまうよ」

「い、嫌だ、熱いっ、助けてくれえええぇぇっ！」

男たちは本当に炎にまかれているかのように地面をのたうち回り、やがて白目をむいて意識を失った。

もがき苦しむ男たちのあまりに壮絶《そうぜつ》な姿に、ベアトリスは腰を抜かしてその場にへたりこむ。

エイブラハムは男たちが動かないことを確認してから、こちらを振り向いた。

「ベアトリス！」

ベアトリスの名を力強く呼んで、エイブラハムは走りだす。へたりこんだままだったベアトリスを、駆けつけたエイブラハムは両腕でかき抱いた。

大胆な行動にベアトリスが驚き戸惑っていると、彼はベアトリスを力いっぱい抱きしめながら「このバカ！」と怒鳴った。

「自分が狙われているとわかっていながらおとりになるなんて、君はいったいなにを考えているんだ！　精霊から話を聞いたとき、肝《きも》が冷えたんだぞ！」

「エ、エイブラハム。ちょっと、苦しい……」

「黙って。僕がどれだけ心配したか、君はもっと自覚するべきだ。おとりになるだけじゃなく、自分から犯人に接触して時間稼ぎしようだなんて……いくらなんでもじゃじゃ馬すぎるだろう。これでは心臓がもたない」

　エイブラハムはベアトリスをぎゅうぎゅうと抱きしめながら文句を言い続ける。ベアトリスを抱きしめる腕の力強さはそのままに、乱れた黒髪を撫《な》でたり、くちづけを落としたりしてくる。いったいなにを考えてこんな不埒《ふらち》なことをするのかと、ベアトリスはただただ混乱した。

「エイブラハムは……精霊から話を聞いてここまで来てくれたのか？」

　混乱の極《きわ》みにありながらもなんとか問いかけると、エイブラハムは「そうだよ」と即答する。腕をほどいてベアトリスと顔を合わせると、彼女の頬《ほお》を両手で包んだ。

「ベアトリスがおとりになったと聞いて、すぐに飛んできたんだ」

「私を、助けるために？」

「当たり前だろう。他にどんな理由が――」

　言いかけて、エイブラハムははたと気づく。そしてベアトリスの背後へと視線をやり――

「ミランダ！」

エイブラハムが呼ぶよりも早く、誰かがミランダの名を叫ぶ。まるで離れ離れだった愛《いと》しい人をやっと見つけ出したような――そんな声をあげながら現れたのは、ブルーノだった。

ブルーノはベアトリスたちには目もくれずにミランダへ駆け寄り、彼女を抱き上げて揺さぶる。何度か声をかけ、ミランダが意識を取り戻すと固く抱きしめた。

「ミランダ……良かった、無事で！」

「ブルーノ……私を、助けに来てくれたの？」

「当然じゃないか！　愛する君を目の前で連れ去られて、助けに行かないはずがないだろう！」

「あぁ、ブルーノ、嬉しい！　私も愛しているわ！」

頬を染めたミランダは歓喜の声をあげ、ブルーノの背中に腕を回した。固く抱き合うふたりを、ベアトリスはエイブラハムの腕の中から唖然《あぜん》と見つめる。

「あ、愛していると、言ったか？」

「言ったね。だってあのふたり、恋人同士だもの」

「はぁっ!?」と声をあげながらエイブラハムへ向き直ると、鼻先が触れ合いそうなほど近くに彼の顔があり、ベアトリスは驚きのあまり硬直した。

「ベアトリス、どうかした？　もしかして、どこかケガをしたの？」

エイブラハムはベアトリスの瞳を覗《のぞ》き込み、そのままお互いの額をこつんと合わせた。

「そこまでだ。我が女神にそれ以上狼藉《ろうぜき》を働けば、いますぐその首を飛ばしてやる」

地を這《は》うような低い声とともに、アドルフォがエイブラハムの背後から後ろ首に抜き身の剣をつきつけた。アドルフォの後ろでは、フェランが緊張の面持ちで状況を見守っている。

「別に、狼藉なんて働いていないよ。ただ、ベアトリスがどこかケガをしていないか心配しただけさ」

「言い訳など聞くつもりはない。いいから手を離せ！」

聞く耳を持たないアドルフォに、エイブラハムは不満そうにしながらもベアトリスから手を離した。エイブラハムが両手を頭の横まで持ってきてもなお、アドルフォは剣を納めず、代わりにフェランへ目線で合図を送った。

「ベアトリス様、立てますか？」

フェランはベアトリスのすぐ目の前に膝をつき、いつものように手を差し出してくる。その手を取って立ち上がってみると、最初はふらついたものの、しっかりと自分の足で立ち上がることができた。

ベアトリスが立ち上がったのを見届けてから、アドルフォはやっと剣を納めた。

「ベアトリス様、ご無事でなによりです。私としたことが、敵に後れをとり、あなた様を危険にさらしてしまいました。言い訳のしようもございません」

「気にしなくていい。私が自分で決めて行ったことだ。お前はきちんと自分の役目を果たしてくれたよ」

　自分を責めるように服の胸元をきつく握りしめるアドルフォへ、ベアトリスは柔らかく微笑《ほほえ》みかける。アドルフォの雰囲気《ふんいき》が幾分か穏やかになったところでエイブラハムが立ち上がれば、ベアトリスを支えていたフェランが頭を下げた。

「エイブラハム様、お嬢様を助けていただき、感謝申し上げます。お嬢様をひとりにしてしまったのは、私の失態です」

「こら、フェラン！　お前は私の命令に従っただけだ。すべては私の責任であり、お前がその責めを負う必要はない。それよりも、エイブラハム。あの男たちに吸わせた薬はいったいどういったものなのだ？」

　ベアトリスは話題を変えようと、誘拐犯《ゆうかいはん》の一味である男たちを指さした。三人の男は、いまだ白目をむいたまま意識を失っている。

「あれは、幻覚剤だよ。薬を吸ったものは、暗示というか、吹き込まれたことが実際に起こったかのように感じるんだ」

　あのときエイブラハムは、火事が起こったと言っていた。幻覚剤のせいで男たちは燃える家屋を目にし、その火が自分の服に引火して炎にくるまれたと思い込んだのだろう。彼らが意識を失う直前の断末魔《だんまつま》の叫びを思いだし、ベアトリスは身震いした。いや、そもそも男たちは死んでなどいないけれど。

「それで、男たちはどうするんだ？　このまま、王都警備兵につきだすか？」

「その必要はないよ。僕が連れてきたから」

そう言って、脇道から姿を現したのはセシリオだった。彼の背後、脇道の暗闇から王都警備兵が次々に現れて、気を失ったままの男たちに縄をかけ始めた。

「兄様まで来てくれたんだな」

「当たり前でしょう。エイブラハムからベアトリスが危ないと聞いたときは、生きた心地がしなかったよ。まったく、僕の妹は無鉄砲すぎて困るね」

「すまない……」とベアトリスが視線を落とすと、彼女の目の前までやってきたセシリオは、ベアトリスの頭に手を置いた。

「まぁでも、ベアトリスの無鉄砲のおかげでイェステ伯爵令嬢は助かり、一部とはいえ誘拐犯も捕まったんだ。大手柄だよ、ベアトリス」

ポンポンと頭を撫でながら、セシリオは朗《ほが》らかに笑う。いつもと変わらない、そののんびりとした笑顔を見て、ベアトリスは安堵《あんど》の笑みを浮かべたのだった。

誘拐犯の後始末と事情説明をアドルフォとセシリオに任せ、ベアトリスはエイブラハムとフエランとともに、先に帰ることになった。ちなみに、ミランダは被害者であるためいろいろと証言せねばならず、ブルーノの付き添いのもとセシリオたちと残ることになった。

「結局のところ、お前とイェステ伯爵令嬢の関係はなんなのだ？」

ファウベル家の馬車に揺られながら、ベアトリスは向かいに腰掛けるエイブラハムに問いかける。エイブラハムの隣はフェランが固めており、まるで事情聴取のようだった。

「ただの幼馴染《おさななじみ》だよ」

「だが、イェステ伯爵はお前が娘との婚約を打診《だしん》していると話していたぞ！　あれはどうなるんだ」

夫の浮気をとがめる妻のように、ベアトリスはエイブラハムに詰め寄る。対するエイブラハムはというと、特に焦るでもなく相変わらずのんびりとした様子で答えた。

「あれは、ミランダが他の貴族と婚約させられないようついた嘘なんだ。ミランダとブルーノに頼まれたんだよ。貴族であるミランダと結婚するためには、ブルーノは魔術師としてしっかりとした実績を積まなければならない。それまでミランダの両親が勝手に結婚相手を見繕《みつくろ》ってしまわぬよう、僕に婚約者のふりをしてくれってね」

「まぁ、すっかりそんな約束も忘れちゃってたんだけど」と、エイブラハムはあっけらかんと笑って見せる。そのさっぱりとした態度が、彼の言葉に嘘はないと証明していて、ベアトリスの全身から力が抜けた。

「ここ数日の、もやもやはなんだったんだ……」

背もたれに身体《からだ》を深く預け、ベアトリスはぼやく。エイブラハムは客車の天井を見つめたまま放心するベアトリスをじっと見つめていたかと思うと、手を伸ばしてベアトリスのローブの裾《すそ》を握った。

「そういえばさ、さっきは精霊に言わされたけれど、そのローブ、本当によく似合ってるよ」

ベアトリスは跳ねるように前を見る。エイブラハムのまっすぐなまなざしとぶつかった。

「君と会えなくて、寂しいと思ったのも本当なんだ。今回の騒動で、君がいなくなるかもしれないと思ったときも、すごく不安になった」

エイブラハムは視線を落とし、弱々しい声で吐露《とろ》する。ベアトリスのローブを握る手に、きゅっと力がこもった。

エイブラハムの不安げな様子を見て、不謹慎《ふきんしん》ながらもベアトリスの胸は高鳴った。だって、会えなくて寂しくなるなんて、いなくなるかもと思って不安になるだなんて――つまり、自分のことを憎からず思っている、ということではないだろうか。

ベアトリスを助けてくれた時だってそうだ。エイブラハムは他のなににも目をくれず、真っ直ぐに駆け寄って抱きしめてくれた。ミランダを見つけたときのブルーノとまったく同じ行動だ。

これはもしかして、もしかするのか？　そう思ったとたん、ベアトリスの全身にしびれが走り、身体が震えた。

エイブラハムはうつむいたまま、落ち着きなく視線を彷徨《さまよ》わせる。

「僕はずっと、君のことを友人だと思っていたけれど……違うのかもしれないって、今回のことで、思ったんだ」

エイブラハムの中で答えが見つかったのだろうか。彼は意を決したように顔をあげ、ベアトリスの漆黒《しっこく》の瞳をひたと見つめて、言った。

「君は僕にとって……親友なんだ」

『友情かよ！』

『セシリオと同格じゃん！』

精霊たちの鋭い突っこみを聞きながら、ベアトリスはまた背もたれへ身体を預けた。ちょうどそのとき、馬車が停まる。

「あ、着いたみたいだね。わざわざ送ってくれてありがとう。またいつでも遊びに来てね、ベアトリス」

ルビーニ家の屋敷に着いたとわかるなり、エイブラハムはさっさと馬車を降りてしまう。余《よ》韻《いん》もへったくれもない彼のあっさりとした態度は、ベアトリスを異性として意識していないことの表れのような気がして落ち込んだ。そして、気づいた。

あぁ、自分は、エイブラハムが好きなんだな、と。

いままでさんざん男に追いかけられてきたけれど、今度は自分が追いかける立場となったんだなと思い、ベアトリスはついつい笑ってしまった。

よりによって、エイブラハムに恋するなんて。せめて、自分に好意を持ってくれている相手だったらよかったのに。そう思って、ベアトリスは頭を振った。

ベアトリスのことを異性として特別扱いしないエイブラハムだからこそ、惹《ひ》かれたのだ。他の男のようにギラギラとした目で見つめてこないエイブラハムは、一緒にいてとても心地いい。誰にも理解してもらえないと思っていた精霊について話せることも、すごくうれしかったのだ。

もしかしたら、精霊たちはベアトリスとエイブラハムを引き合わせたくて、ベアトリスに近づく男たちを撃退していたのかもしれない。エイブラハムを好きだと自覚した途端、そんな乙《おと》女《め》チックな考えが浮かんできてしまう。

そんなことがあるわけないと思い、心のどこかでだったらいいなとも思う。ふわふわと雲の上を揺蕩《たゆた》うような不思議な高揚《こうよう》感を味わっていたら、ふと、窓の外が目に入った。

ベアトリスは窓に貼りつき、外の様子を見る。馬車はファウベル家へと戻っているはずなのに、目に映る景色は小さな民家ばかりで、どう見ても貴族街ではなかった。

「おい、フェラン、この馬車はいったいどこへ……ふぐっ」

ベアトリスの口と鼻を覆《おお》うように、布があてられる。息を吸ったとたん、鼻から入り込んだ刺激臭が後頭部へと走り抜けた。あまりの衝撃にベアトリスはそのまま意識を遠のかせる。

薄れゆく意識の中で感じたのは、自分の身体をしっかりと抱きとめる触れ慣れた腕の感触と、

「申し訳ございません……お嬢様」

フェランの、泣いているみたいに弱々しい声だった。

第三章　ツンデレになったお嬢様は、魔術師のデロ甘を前に撃沈しました。

　フェランと彼の妹ロサが孤児院へやってきたのは、ベアトリスが八歳の時だった。仕立て屋を営《いとな》んでいた両親を事故で亡くし、両親が背負っていた借金の形《かた》としてロサが娼館《しょうかん》へ売られそうになっていたところを、孤児院の院長が保護したのだ。話を聞いたグスターボが調べたところ、両親が金を借りたのはいろいろときな臭《くさ》い金貸しで、暴利が課せられていることがわかった。グスターボはしかるべき対処をしたうえで、ふたりを借金から解放した。

　理不尽な世界から解放されたフェランとロサだったが、両親が亡くなってから保護されるまでの間に受けた仕打ちにより、大人に対して心を開かなくなっていた。とくにフェランは、ロサを奪われまいと常に気を張っており、孤児院で一緒に暮らす子供たち相手でさえ威嚇《いかく》する始末だった。

　常にふたりでくっついていて、他の誰も寄せ付けようとしないフェランたちに、誰もが手を焼いていた。そこへ、ベアトリスが現れた。

「お前たちは、バカなのか？　見るものすべてを威嚇《いかく》して、それではふたりぼっちになってしまうぞ。いつまでも孤児院が無条件でお前たちを保護し続けるわけじゃない。大人になったら独り立ちしなくちゃいけないんだ。それまでに、誰が味方で誰が敵か、見分けられるようになっておけ」

ベアトリスの歯に衣着《きぬ》せない物言いに、フェランとロサは口をあんぐりと開けて固まった。当然だ。孤児院は皆優しい人たちばかりで、誰もがフェランたちの境遇に同情し、彼らの心の傷が癒《い》えるのを待ってくれていた。それなのに、ベアトリスだけはそれを良しとしなかった。

以来、なにかとふたりきりになりたがるフェランとロサに、ベアトリスは積極的に声をかけるようになった。

「自分の用事が済んだからって、さっさと部屋に戻るんじゃない。ここにはお前たちよりもずっと幼い子供が何人もいるんだ。年長者として、あいつらの世話くらいしろ」

「いくらファウベル家が出資しているとはいえ、孤児院の経営は楽ではないんだ。私が教えてやるから、お前たちも内職の手伝いをしろ。なぁに、腕のいい仕立て屋だったという両親を持つお前たちなら簡単にできるだろうよ」

「ほら、ふたりとも、勉強するぞ。教養を積めば将来の選択肢《し》が広がるんだ。私が教えてやる。その代わりと言ってはなんだが、この間、祭りのときにみんなが踊っていたダンスを教えてくれ。来年は私も参加したい」

ファウベル家の令嬢であるベアトリスに逆らうことなどできるはずもなく、ふたりは渋々指示に従った。しかし、いやいやながらもベアトリスとともに孤児院の面々と交流するうち、ふたりの頑《かたく》なな心はほぐれ、いつしか率先《そっせん》して子供たちの面倒を見て、内職も手伝うようになった。

ある日のこと、フェランとロサはベアトリスに礼を言った。この孤児院にいる人たちは味方なんだと教えてくれてありがとうと。

ベアトリスはふたりの言葉に頭を振った。ベアトリスは、当然のことをしただけだったから。この孤児院は、ファウベル家が運営している。だから、ファウベル家の人間として、ベアトリスには孤児院に保護された人間を守る義務がある。保護された子供たちが、大人になったときに胸を張って孤児院を旅立てるよう、導いていく責任がある。特別感謝されることではない。

「感謝の言葉よりも……そうだな、友人がほしい。ふたりとも、私と友人になってくれ」

そうしてフェランとロサは、ベアトリスの友人となった。身分の差があるため、純粋な友人となることは出来ないが、それでも、ふたりは絶対にベアトリスを裏切らない存在となった。

ああ、それなのに――

「申し訳ございません……お嬢様」

フェランの声が聞こえる。孤児院に来たばかりのころのような、泣くのをこらえているみたいに震える声だった。

どうしてそんな声を出すのか。いったいなにがフェランをそこまで追い詰めたのか。なにか困ったことがあったなら、いつでも相談してくれればよかったのに。そうしたら、ベアトリスのすべてをかけて、フェランを、ロサを、守ったのに。

「ごめんなさい、ベアトリス様」

まどろむ意識の中で、ロサの声も聞こえた。ロサに至ってはすでに泣いているようだった。

ベアトリスは答えようとして、声が出なかった。それどころか身体が動かない。

「どうか、どうか……兄さんを軽蔑《けいべつ》しないで」

声が出ないのが歯がゆい。動かない身体が恨めしい。

勢いよく起き上がり、きっとすぐそばで泣いているだろうロサの頬《ほお》をつねって、バカなことを言うなと怒鳴ってやりたい。

フェランを軽蔑するなんてありえない。フェランとロサは、なにがあろうとベアトリスを裏切らない。もし万が一裏切ることがあるとすれば、それはきっと、よほどのことがふたりに起こっているからだ。

だから泣くな。落ち込むな。

そんなことをする暇があったら、なにがあったかベアトリスに話してほしい。

そう、そうだ。ベアトリスは、聞かなければならない。フェランに、いったいなにが起こったのか。目を覚まして、起き上がって、傍《かたわ》らで涙するロサにすべて白状させなければ。

先ほどより意識がはっきりしてきたベアトリスは、まるで筋肉の使い方を忘れたかのように動かない身体をがむしゃらに動かしてみる。力を入れようとしても、むずむずとくすぐったい不思議な感覚に陥《おちい》って全く力が入らない。いい加減動けという気合とともに右手を持ち上げた。

振り上げた右手が、温かく柔らかい棒のようなものをつかんだ。

「ひやあぁっ！」

なんとも間抜けな悲鳴が聞こえ、ベアトリスはやっと自由を取り戻したらしい身体を動かし、瞼《まぶた》を開ける。ベアトリスが眠っていたらしいベッドのすぐ脇に、赤茶色の長い髪を高い位置でひとまとめにした女性――ロサが座っていた。驚きの表情でベアトリスを見下ろすロサの両手が目元に掲げられている様子から、おそらくは顔を隠して泣いていたのだろうとベアトリスは予想する。その左手首に、ベアトリスの手がぶら下がっていた。

「ロサ……おはよう」

「お、おお、おはようございます、ベアトリス様。あ、あの、できれば最初に挨拶《あいさつ》をいただけませんでしょうか。その、突然手首をつかまれて、心臓が止まるかと思いました」

「……なるほど。だから叫んだんだな。それは、すまなかった……」

ベアトリスはロサの左手首を自由にしてから、身を起こそうとする。しかし、いまだ身体の重さはとれておらず、うまく起き上がれないでいると、ロサが背中を支えてくれた。

「……ありがとう」

「いえ、それもこれも、兄さんがかがせた薬のせいです」

「薬……」とつぶやきながら、ベアトリスは意識を失う直前のことを思いだす。ベアトリスに薬をかがせたのは、フェランで間違いないだろう。

ベアトリスはあたりを確認する。壁紙も絨毯《じゅうたん》もない質素な部屋には、ベアトリスが座るベッドのほかには、木製のテーブルセットがあるだけだ。まず貴族の屋敷ではないが、ただの民家にしては一部屋が広い。宿の一室の可能性が高いと思った。

「ロサ……ここはいったい、どこなんだ?」

「ここは……オルテリアの街です」

「オルテリアだと!?」

ベアトリスは驚きのあまり声を荒らげ、その途端、強いめまいを起こしてよろめいた。ベッドから転げ落ちそうな身体を、とっさにロサが支える。

オルテリアの街は、アレサンドリ神国内を走る街道が交錯《こうさく》する地に存在する、交易の拠点となる街で、王都から馬車で丸一日走らないとたどり着かない。意識を失っている間に、ずいぶん遠くへ来てしまったようだ。自分はいったいどれだけ長い時間眠っていたのだろう。背筋が冷えた。

「お嬢様、もう少しお休みください。兄さんが薬の量を間違えたんです。そのせいで……お嬢様は一日半も、意識を失って……」

言葉に詰まったロサは、口元を手で覆《おお》ったかと思うと目に涙を溜め、「うぅ……」と嗚咽《おえつ》を漏《も》らした。突然泣き出したロサを見て、ベアトリスは戸惑うでもなく冷静に、また始まったと思った。

フェランの妹であるロサは、とにもかくにも泣くのだ。泣いてばかりなのだ。自分が育てた花が咲いたと泣き、ベアトリスとフェランが会いに来たと泣き、帰ると泣く。髪型がうまく決まらなかったと泣き、ベアトリスよりも細いくせに太ったと言って泣く。いつだったか、毎日吠え声を聞いているはずの隣の犬が、いつもより大きく吠えたと言って泣き出したこともある。いったいお前の涙腺《るいせん》はどうなっているんだとベアトリスは何度となく問いただし、聞くだけ無駄だと悟るほど、ロサは泣き虫だった。

よく泣くわりにさっさと泣き止むロサは、今回も例にもれず早々に涙をひっこめ、「……失礼いたしました。さ、お嬢様、横になってください」と言ってベアトリスをベッドに横たえさせた。促されるままベッドに横になったベアトリスが枕もとの窓を見れば、朝日と思われる白い光が差し込んでいた。ただ窓を見つめただけなのに、ずきずきと刺すような頭痛が走り、ベアトリスは瞳を閉ざして呻《うめ》く。瞼越しにあたる陽の光すら辛《つら》いと片手で目元を覆えば、それに気づいたロサがカーテンを引いた。

「ベアトリス様……なんとおいたわしい、うぅ……。とにかくいまは、なにか胃のなかに入れましょう。ずっと眠っていたのですから、喉《のど》も渇いているのではありませんか?」

ロサに言われて、ベアトリスは喉がカラカラに渇いていると気づいた。ベアトリスの表情の変化を見逃さなかったロサは、ベッドの端のテーブルに置いてあった吸い飲みをとり、ベアトリスの口元へ持ってくる。

ロサもベアトリスも、四年前の経験から病人の看護は手慣れている。ゆっくりと口内に注がれる水を飲みこんだベアトリスは、よほど渇いていたのか身体《からだ》が息を吹き返すような感覚を味わった。ベアトリスがこぼさず水を飲んだことに喜んだロサが涙したのは、言うまでもない。

「なにか食べられそうですか? せめて、スープだけでも口にしていただきたいのですが……」

ベアトリスの正直な気持ちとしては、ずきずきと痛む頭を抱えてもう一度身体を起こし、食事をとる気力はない。しかし、少し動いただけでめまいを起こすようでは、いったい自分がどんな状況に置かれているのか、把握《はあく》することすら難しいだろう。

崩した体調を戻すために、食事は必要不可欠であると四年前の経験で理解しているベアトリスは、ロサの勧めに素直に従い、スープだけでも口にすることにした。

ベアトリスに食欲があると知り、ロサは「よ、よかったですぅ……」とまた言葉を詰まらせたが、すぐに立ち直った。

「実は、お嬢様が目を覚ました時に食べていただこうと、野菜がくたくたに溶けるまで煮込んだスープを作るよう、宿の厨房《ちゅうぼう》にお願いしておいたんです。すぐに持ってきてもらいますね」

穏やかに笑ってロサは扉へと歩き出す。その様子がいつもと変わらなくて、ベアトリスは安心する反面、疑問がわく。

ベアトリスが知る限り、ロサは犯罪に加担するような人間じゃない。だが、連れ去られたベアトリスの面倒を見ているということは、つまりは誘拐犯《ゆうかいはん》に手を貸しているということだ。ロサに、そしてフェランに、いったいなにが起こっているのだろう。

ベアトリスが霞《かす》む頭でなんとか考えようと試みる間にも、ロサが内側から扉を叩いた。僅《わず》かに開いた隙間《すきま》からいかにもごろつきといった風貌《ふうぼう》の男が顔を出し、ロサが男にスープの用意を頼んだ。男はロサの背中越しにベアトリスを確認し、「待ってろ」と一言置いて扉を閉めようとしたとき、その背後に見知った者の姿が映りこんだ。

「うがっ……」

「きゃあああっ！」

男の短いうめき声の後、ロサの悲鳴が響き渡る。後ずさるロサの眼前で男が扉を押し開きながら倒れ、それに続き、ひとりの騎士が部屋に飛び込んできた。

「ベアトリス様！」

ベッドへ横たわるベアトリスを認めるなり、力強く呼んだのは、アドルフォだった。

ここまで戦ってきたのか、アドルフォは抜き身の剣を握っている。ベアトリスのもとへ駆け付けようとした足首を、倒れ込んだ男がつかんだ。

「お、前……どうして、こんな……」

ベアトリスのもとへは行かせないとしがみつく男の脇腹を、アドルフォはもう一方の足で蹴り上げた。衝撃で浮き上がった男は床に落ちてもなお転がり、あおむけになったきり動かなくなった。

「べ、ベアトリス様……！」

突然の乱入者におびえていたロサがはっと我に返り、まるでアドルフォから庇《かば》うようにベアトリスに覆いかぶさった。しかし、男を沈めてベアトリスのもとまでやってきたアドルフォが、ロサの肩をつかんで無理矢理ベッドから引きはがす。手加減などせず力任せに引っぱられ、ロサは勢い余って床に倒れた。

「ロサ！」

うずくまるロサのもとへ向かおうと起き上がったベアトリスだが、またもめまいに襲われる。力なく傾く身体を、アドルフォが受け止めた。

「ベアトリス様、しっかりしてください！」

「私は……大丈夫だ。それよりも、ロサを……」

「誘拐犯の心配などしている場合ではありません。いまは一刻も早くここから離れないと」

ロサが誘拐犯の仲間であると言われ、ベアトリスは息をのむ。この状況から、ロサが誘拐犯に加担しているとベアトリスも推測していたが、いざ誰かにそうだと言われると、胸がずんと重くなる。

なぜ、どうしてロサが、フェランが、犯罪に手を染めてしまったのか。

困惑のあまり呆然《ぼうぜん》とするベアトリスを、アドルフォは抱き上げようと両腕を伸ばす。

「待て！」

声とともに、傷だらけのフェランが部屋に飛び込んでくる。フェランは床に倒れる男とロサを確認した後、アドルフォへと剣を構える。その剣は真新しい血で濡れていた。

ベアトリスを抱き上げようとしていたアドルフォは、いったんフェランへと向き直ると、同じように剣を構えた。

「貴様……ベアトリス様をどこへ連れていくつもりだ！」

フェランの追及をアドルフォは「どこへ、だと？」と鼻で笑った。

「そんなもの決まっている。この犯罪者の巣窟《そうくつ》から救い出すんだ」

「救い、出すだと？　なにを――」

「お前たち兄妹はベアトリス様をかどわかした犯罪者だ」

「違う！」

「違わない。お前がベアトリス様を攫《さら》っただろうが！」

アドルフォの声に圧《お》され、フェランは動揺《どうよう》して剣の切っ先を震わせる。その一瞬の隙を逃さず、アドルフォは床を蹴《け》ってフェランとの距離をつめ、剣を振るった。動揺していたために反応が遅れたものの、フェランはきわどいところで剣げきを受け止めた。

ふたつの刃が打ちつけ合うたび、腹に響く高い音が鳴る。そのたびに痛む頭を抱えてベアトリスが身を起こすと、やっと起き上がったらしいロサがいまだふらつくベアトリスの身体を支えた。

「ベアトリス様……お願いです、信じてください。私たちは、好きでこんなことに加担したわけじゃない」

「ロサ……」

ロサは目から涙をぽろぽろとこぼしながらベアトリスを見つめる。ロサが泣くのはいつものことだけれど、こんな風に泣く姿をベアトリスは初めて見た。

「私たちは、本当は――」

「うあぁっ！」

ロサの言葉を、フェランのむごい悲鳴がかき消した。ベアトリスとロサが振り向くと、アドルフォによって腹を斬《き》られたフェランがベッドの端へ倒れこんだ。

「い……いやあぁっ、兄さん！」

「フェラン！」

ロサは悲鳴をあげながらフェランのもとへと向かい、あまりの事態に身体のだるさも吹っ飛んだベアトリスも彼女に続こうとしたが、アドルフォに腕をつかまれ引き留められた。

「アドルフォ、離せ！　フェランが……フェランが！」

「離しません！　あの兄妹はあなたを裏切ったのですよ!?　放っておけばいいんです」

裏切った──その言葉が、ベアトリスの心を凍えさせる。思わず動きを止めたベアトリスの両肩を、アドルフォは両手で包み、部屋の外へといざなった。

アドルフォに導かれるまま、歩を進めていたベアトリスは、後ろ髪をひかれる気持ちでフェランとロサへと視線を向ける。意識を失ったフェランをロサは胸に抱き、呼吸困難でも起こしそうなほど激しく泣きながら、それでも彼女の両手は、フェランの腹の傷を押さえていた。

その隙間から溢《あふ》れる赤い血を見たベアトリスは、渾身《こんしん》の力でアドルフォの両手を振り払った。

「ベアトリス様!?」

止めるアドルフォの声を無視してベアトリスは部屋の奥へ戻り、さっきまで自分が眠っていたベッドのシーツを引きはがすと、ロサのもとへ持って行く。

「これで傷口を押さえろ！」

顔をあげたロサは、状況をうまく飲みこめていないのか黙ってベアトリスを見返している。しびれを切らしたベアトリスが「早くしろ！」と怒鳴ると、ロサはやっと我に返りシーツを受け取った。

ロサは渡されたシーツを丸めてフェランの腹の傷に押しつける。フェランの血で赤く染まったロサの手に、ベアトリスの両手が重なった。

「う、ぐぅ……」

ふたり掛かりで傷口を押さえられ、フェランが痛みで声を漏らす。一刻も早く医者に診《み》せるべきだが、傷口を押さえておかないと失血死してしまうかもしれない。ベアトリスは、傷口を押さえる両手はそのままに、扉の前に立つアドルフォを振り返った。

「アドルフォ！　いますぐ医者を呼んで来い！」

「どうしてですか？　そのふたりは、あなたを誘拐したんですよ!?」

「そうだとしても！　私は、ふたりを見捨てたりなんかできない。私は、ふたりをよく知っているから。ふたりが犯罪に加担するなんてどうしても思えない。なにか、理由があるはずなんだ。そうするしかない理由が！」

「理由なんて……金以外になにがあると言うのです？」

「そんなもの、知るか！　私はふたりを信じている。ただそれだけだ！」

ベアトリスがそう言い切ると、ロサが「ベアトリス様……」とつぶやいて涙をこぼす。泣きすぎて真っ赤になったロサの瞼《まぶた》が痛々しくて、ベアトリスは苦笑いした。

「お前は……泣きすぎだ」

「ベアトリス様、わたっ、私……」

「詳しい話はあとで聞く。それよりもいまは、フェランのことに集中しろ。おい、アドルフォ！　お前も早く医者を呼びに行け！　あと、お前の仲間はいつ駆けつけてくるんだ？」

ベアトリスを人質に取られている状況で、アドルフォ単独で犯人の根城へ突入するとは考えにくい。一緒に突入した仲間が他の誘拐犯を捕縛《ほばく》しているか、この建物を包囲するかしているだろう。そういえば、フェランが部屋に入ってきた時、すでに彼は誰かと戦った後のようだった。もしかしたら、アドルフォの仲間と戦ったのかもしれない。

やっとすっきりしてきた頭でそんなことを考えていると、背後のアドルフォが高らかに笑いだした。何事かとベアトリスが振り返れば、アドルフォは腹を抱えて笑い続けている。笑っているはずなのに、その顔には嫌悪が現れていて、まるで嘲笑《あざわら》っているかのようだった。

「お前……いったいなにを笑って……」

「これが笑わずにいられますか。裏切られてもなお、信じるだなんて。あなたは本当に、お人好しですよね。あぁ、私は、あなたのそういうところが…………大っ嫌いなんですよ」

地の底から湧き上がるような低い声でそう言ったかと思うと、アドルフォはベアトリスの腕をつかんで無理矢理引きよせた。突然のことに抵抗すらできず、ベアトリスは成すがまま彼の胸に背中をぶつける。拘束《こうそく》するように両腕で抱きしめたアドルフォは、片手でベアトリスの顎《あご》をつかみ、上向かせた。

至近距離でベアトリスを見下ろすアドルフォは、いつもの甘ったるさのかけらもなく、ぞっとするような冷たい笑みを浮かべていた。

「アドルフォ……お前、なんのつもりだ」

「なんのつもり？　それは先ほどから言っているではありませんか。あなたは、私とともに逃げるんですよ。この、アレサンドリからね」

目を見開くベアトリスを見て、アドルフォは「あはっ」と暗く笑う。

「ねぇ、ベアトリス様。答え合わせをしましょう。あなたが言うように、この兄妹がただ巻き込まれただけなら、いったいだれが、真犯人だと思いますか？」

「まさか、お前が……」

「あはは っ、正解です」

「じゃあ……これまでの誘拐事件も？」

「そうです。王都警備兵時代に培《つちか》った情報網《もう》を使えば、隙《すき》をついて誘拐するなど、簡単でした」

「けれど……」と、アドルフォはわざとらしく憂《うれ》いの表情を浮かべる。

「ファウベル家だけはしっかりとした警戒が行われていて、あなたの予定を把握《はあく》することすらできませんでした。ですから、フェランを脅《おど》して情報を流させたのです。そこの妹を人質にしてね」

顎を持つアドルフォの手が離れたため、ベアトリスはフェランたちへと目をやった。フェランの傷口を押さえるロサが、悔しげに唇を嚙《か》みながら何度もうなずいていた。

「そんな……いったい、いつから？」

「いつでしょうねぇ？　もう詳しい日にちは覚えておりませんが、大体、数カ月前、といったところでしょうか？」

そんなに前から、ロサは誘拐されていたというのか。フェランはその事実をベアトリスどころか誰にも言えず、ひとりで耐えていたというのか。なにも気づかなかった自分の無力さに、ベアトリスは身体《からだ》が震えた。

「あぁ、かわいそうに。震えているんですか？　そんなに怖がらなくても、大切なあなたを私が傷つけるはずがないでしょう」

「お前は……なにが望みなんだ。貴族令嬢を誘拐して、フェランを脅して私を捕まえて……」

ずっと笑っていたアドルフォが、突然不愉快そうに眉《まゆ》を顰《ひそ》め、「他の貴族令嬢とあなたを一緒にしないでください」と吐き捨てる。

「貴族令嬢を誘拐したのは、私腹を肥《こ》やす貴族どもから金を巻き上げるためです。貴族としての義務を怠《おこた》り、弱き者の命を見殺しにするような愚か者どもには、罰を与えなければならない」

「罰、だと？」

「犯した罪に対して、ずいぶんと軽い罰ですが、被害者となった令嬢からすれば、この上なく恐ろしい経験だったでしょうから、それでよしとします」

「私を連れ去った、理由は？」

「それはもちろん、あなたを私のものにするためです」

「だったら、正々堂々と婚姻を申し込めばいいだろう」

「それではあなたを苦しめられないでしょう？」

思いがけない答えにベアトリスが目を瞠《みは》ると、アドルフォはたまらないとばかりに笑った。

「言ったじゃないですか。貴族たちは罪を犯していると。そこにはベアトリス様、あなたも含まれているのですよ？」

アドルフォはベアトリスを片腕で拘束したまま、頬《ほお》へ手を添えてくる。ベアトリスがびくりと身体を強張《こわば》らせると、にんまりと、それはそれは愉快そうに目を細めた。

「私はあなたを愛しています。だから、無理強《じ》いはしたくなくて、あなたに選択肢《し》を与えようと下準備をしていたんです」

「下、準備？」と問いかけるベアトリスの頬から手を離したアドルフォは、剣をフェランとロサへ向けて突きつけた。

「あなたが私とともに来てくれるなら、このふたりの命を助けてあげましょう。もちろん、拒《こば》んでいただいてもかまいませんよ。その場合は、このふたりを殺します。ねぇ？　優しいでしょう」

「な、にを……ふざけたことを！」

「ふざけてなどいませんよ。最初から決めていたことです。あぁ、でも……アレサンドリから出ていく予定はなかったんですよ。せいぜい、あなたをどこかに閉じ込めようと思っていたくらいで。ですが、捕まった仲間が私のことを話してしまっているでしょうし、仕方がありませんよね」

アドルフォは感情の乏《とぼ》しい声で話しながら、剣の切っ先をフェランへと近づける。ロサが守るようにフェランを抱き込むと、アドルフォはその頭頂部へ、いたぶるようにゆっくり剣を近づけた。

「やめろ！」

切っ先がロサの結んだ髪に触れる寸前で、ベアトリスは叫んだ。手を止めたアドルフォは、腕の中のベアトリスを冷たく見下ろす。いつものような熱をはらまない、感情の全《まった》く見えない真っ暗なアドルフォの瞳を見上げて、ベアトリスは答えた。

「行く。お前と一緒に、逃げる。だから、これ以上ふたりに手を出すな」

ベアトリスの決断を聞いたアドルフォは、先ほどまでの平坦さが嘘のように歓喜の表情を浮かべ、ベアトリスを抱きしめた。

「あぁ……あなたなら必ずそう言ってくれると信じておりました。ふたりでの逃避行……考えただけでもぞくぞくしますね。どこへ行きましょう？　いっそのことラハナまで行けば、あなたの髪や瞳は目立たないでしょうか」

アドルフォはベアトリスのつややかな黒髪に唇を寄せる。思わずベアトリスが身を震わせると、アドルフォは抱きしめたまま、言った。

「逃避行中に私から逃げようなんて、思わないでくださいね？　もしもあなたが逃げ出したら……その時はあなたを殺して、私も死にます」

なんの感情もうかがえない淡々とした声が、その言葉に嘘はないと如実《にょじつ》に表している。ベアトリスは底知れぬ恐怖を感じ、心臓が凍り付いた。震えだすベアトリスを両腕から解放すると、アドルフォはベアトリスの顔を両手で包み、のぞきこんだ。

「そんなにおびえないでください。言ったでしょう？　私は、あなたを愛しているのです。だから、あなたがもう二度と裏切らないのであれば、あなたを傷つけることはない」

「裏、切る？」

ベアトリスが問いかけると、アドルフォはゆっくり大きく首を縦に振った。ベアトリスを見つめるアドルフォの顔はこれ以上ないくらい優しいのに、瞳の奥から底の見えない暗闇を感じて恐ろしかった。

いまの言い方では、まるでベアトリスがアドルフォを裏切ったことがあるかのようだ。心当たりなど微塵《みじん》もないが、もしかしたら、彼が言う『貴族が犯した罪』に関係しているかもしれない。

様々な疑問を視線に乗せてアドルフォを見つめても、彼は答えてはくれない。いつものように陶酔《とうすい》した笑顔で、でもどこか暗くよどんだ気配を漂わせながら、アドルフォはおもむろに顔を近づけてきた。

くちづけをされる。そう思ったとき、ベアトリスの心に浮かんだのはエイブラハムで――でも、このくちづけを拒むことなど、いまのベアトリスには、できない。

「待て」

吐息がかかりそうなほどふたりの顔が近づいたところで、聞き慣れた声が止める。

どこか安穏《あんのん》とした雰囲気《ふんいき》を纏《まと》う声は、ベアトリスが待ち望んでいた声で。

アドルフォの口づけを振り払うように向き直れば、開いたままの扉の傍に、剣を握ったエイブラハムが立っていた。

「エイブラハム！」

喜びのあまり、エイブラハムのもとへ駆け出してしまいそうなベアトリスを、アドルフォは片手で抱きこむようにして拘束《こうそく》し、その首筋に剣を突きつけた。

「ベアトリス様、そんな態度で、あのふたりがどうなってもいいんですか？」

ベアトリスの耳に息を吹き込むようにささやかれ、ベアトリスははっとしてフェランたちへと視線を走らせた。フェランとロサは、アドルフォの斜め後ろのあたりで座りこんでいる。その距離はとても近く、一歩を踏み出す必要もなくふたりを斬《き》り伏せられるだろう。その事実を再認識した途端、ベアトリスは身体をこわばらせた。

「これはこれは、エイブラハム・ルビーニ伯爵ではありませんか。あなたのような方がこのような物騒なところへ現れるだなんて、どのようなご用件がおありで？」

アドルフォの厭味《いやみ》ったらしい言葉の通り、事実、魔術師のローブを纏うエイブラハムが剣を握ってこんな血なまぐさい場所に立つのは不似合いだった。助けに来てくれたことは純粋にうれしいが、どう考えてもひきこもり魔術師であるエイブラハムが近衛《このえ》騎士であるアドルフォに敵《かな》うとは思えない。

しかし、当のエイブラハムはアドルフォにおびえることもなく、悠然《ゆうぜん》と対峙《たいじ》していた。

「用件なんて、決まっているだろう。ベアトリスを返してもらいに来たんだよ」

「返す？」と、アドルフォは目を眇《すが》めた。

「残念ながら、ベアトリス様はもう私のものとなりました。ですから、私の傍以外に、帰る場所などありません」

「おかしなことを言う。ベアトリスはベアトリスであって、誰のものでもない。強《し》いて言うなら……精霊のものかな」

「精霊だと？」

ベアトリスの所有権を否定され、アドルフォは低く凄《すご》む。けれど、エイブラハムは落ち着いたまさらりと告げた。

「ベアトリスは精霊に愛されている。彼女を愛し、見守る精霊が、君からベアトリスを助けてくれと僕に願い、ここまで導いてくれた。だから、僕は君からベアトリスを取り返すよ」

エイブラハムはアドルフォへ向け、剣を構える。ベアトリスの想像よりもずっと様になる構え方に、アドルフォも思うところがあったのだろう。ベアトリスを解放して剣を構え直した。

「それならば、正々堂々と勝負をしましょう。あなたがもし私に勝てたなら、おとなしくベアトリス様を解放しましょう。ただし、手加減はしません。命を落とそうとも、恨まないでくださいね」

王都警備兵から近衛騎士にまで身を立てたアドルフォ相手に、ひきこもって研究ばかりしていたエイブラハムが勝てるはずがない。アドルフォを止めようと手を伸ばしたベアトリスを、エイブラハムは名前を呼んで制止した。

「心配ない。ベアトリスは、ふたりの傍にいてあげて」

エイブラハムはいつもの穏やかな笑顔を浮かべ、ベアトリスたちの背後、ベッドの脇で座りこむロサとフェランへ目くばせをする。その視線に促されてベアトリスがふたりを見れば、意識を失ったフェランの傷口を必死に押さえるロサと目が合った。泣きすぎで赤く腫《は》れぼったくなったロサの目が、すがるように自分を見つめていることに気づいたベアトリスは、黙ってフェランの傍に膝をつき、血が乾《かわ》いて赤黒く染まったロサの手に自分の手を重ねた。

「ベアトリス様……」

「ロサ、大丈夫だ。フェランは強い。大切な妹を残して死ぬようなやわな男じゃない。だから、お前もフェランを信じろ」

ロサはぎゅっと目を閉じて大粒の涙をこぼし、何度も何度もうなずきながら、傷口を押さえるシーツを握りしめた。

ロサを励《はげ》ましたところで、ベアトリスはエイブラハムへと顔を向ける。エイブラハムとアドルフォは剣を構えたまま、互いに出方をうかがい、にらみ合っていた。

時が止まったのかと錯覚《さっかく》するほど長い探り合いのなか、先に動いたのはアドルフォだった。アドルフォが一歩踏み出したかと思えば瞬く間に距離を詰め、エイブラハムの懐《ふところ》に飛び込んで剣を薙《な》ぎ払う。

あわや腹を斬られるかとベアトリスは危ぶんだが、エイブラハムは慌てるでもなく一歩下がって剣を振り、アドルフォの一撃をあしらう。休む暇もなく二撃、三撃と繰り出される攻撃を、やはりエイブラハムは軽やかにかわしていった。

エイブラハムの予想外な善戦ぶりに、もしやアドルフォが手加減しているのではとベアトリスが頭の片隅で考えたそのとき、ずっと防戦一方だったエイブラハムが、前へ踏み出して反撃の一閃《いっせん》を繰り出した。

甲高《かんだか》い音を立てて、ふたつの刃がぶつかり合う。このままつばぜり合いになるかと思われたそれは、エイブラハムがくるりと剣を返し、力でねじ伏せようとするアドルフォの剣をいなして弾き飛ばしてしまった。

くるくると回転しながら宙を舞ったアドルフォの剣は、床の木目に深々と突き刺さった。

「勝負あったね」

「……っ、クソ！」

剣を失ってもなお、アドルフォは往生際《おうじょうぎわ》悪く殴《なぐ》り掛かる。大きく振りかぶった一撃を身を低くして避けたエイブラハムは、握りしめる剣の柄でアドルフォのみぞおちに重い一撃を打ちこんだ。

人体の急所を容赦《ようしゃ》なく殴られ、アドルフォはそのままくの字に折れ曲がって床にうずくまった。ぴくぴくと痙攣《けいれん》しているものの、それ以上動く気配のないアドルフォを見下ろし、エイブラハムは小さく息をつく。汗ひとつかいていないその姿は、どう考えてもまだまだ余力が残っているようだった。

近衛騎士相手に圧勝してみせたエイブラハムの強さにベアトリスが言葉を失っていると、遅れて部屋へと飛び込んできたセシリオが部屋の状態を見て、叫んだ。

「あぁっ！　やっぱりもう全部片付いちゃってる！」

「兄様……これは、いったい……」

まるでエイブラハムが勝つと確信していた物言いに、いまだ放心状態のベアトリスがようよう問いかけると、セシリオはため息交じりに答えた。

「言ったじゃないか。エイブラハムは僕よりもずっと出来がいいって」

「確かにそう言っていたが……まさか、剣技も含まれているなんて誰が思うか！」

こらえきれず声を強めたベアトリスを、セシリオがのらりくらりとなだめすかす間に、エイブラハムがベアトリスの目の前までやってきて膝をついた。

「ケガをしているんだね」

我に返ったベアトリスがうなずくと、エイブラハムはベッドからもう一枚シーツをはぎ取り、ロサが押さえていたシーツごとフェランの腹に新しいシーツを巻きつけた。よほどきつく縛《しば》ったのか、フェランが小さく呻《うめ》く。

「セシリオ、他の騎士たちは？」

「あぁ、いま屋内にいる残党どもを捕縛《ほばく》しているところだよ」

「じゃあ、後の処理は彼らに任せて大丈夫そうだね。医者を呼んできてくれないかな。フェランを動かすのは避けた方がいい。とりあえず、ベッドで休ませよう」

エイブラハムの指示のもと、エイブラハムとセシリオのふたりがかりで慎重にフェランをベッドに横たわらせる。そうこうするうちに、他の誘拐犯《ゆうかいはん》たちの捕縛が終わったらしい騎士がやってきて、うずくまったままのアドルフォに縄をかけて連れて行った。

その後、セシリオの指示により連れてこられた医者がフェランの傷の手当てをし、失血が多くあと少し手当てが遅れていれば危うかったが、ひとまず危険な状態は脱しただろうと話した。

処置を終え、医者が帰っていった部屋には、フェランが眠るベッドに寄り添うロサと、ベアトリスとエイブラハム、セシリオが残った。

「フェランの治療を終えてすぐのところ、申し訳ないんだけど、いろいろと事情を聞かせてもらえるかな、ロサ」

遠慮《えんりよ》がちに、けれど拒否は許さないという雰囲気《ふんいき》でセシリオが問いかければ、眠るフェランの手を握りしめて見守っていたロサが顔をあげ、セシリオへと向き直った。

「ロサ、君がアドルフォたちに誘拐されたのは、いつだい？」

「……三カ月ほど、前です」

三カ月前といえば、ベアトリスがエイブラハムと出会った頃だ。ロサに会いに行きたいと言い出したとき、フェランが動揺《どうよう》していたのをベアトリスは覚えている。いま思えば、あのときすでにロサは誘拐されていて、フェランは脅迫《きようはく》されていたのだ。

「誘拐犯たちは、私を人質にして、お嬢様の情報を流させていたようです」

ロサは膝の上で両手を握りしめ、うつむいて肩を震わせながら話す。いつも泣いてばかりの彼女が、泣くこともできず話す姿は、とても痛ましかった。

「となると……ベアトリスとエイブラハムが出会うきっかけとなった事件……あれも、アドルフォが関わっているとみて間違いないだろうね。事前にフェランからベアトリスが孤児院へ向かうことを聞き出し、待ち伏せしていた」

あのときフェランはベアトリスを隠れ家にかくまったけれど、それさえもアドルフォの計画の内だったのかもしれない。ひとり取り残されたベアトリスを捕まえるなど、造作《ぞうさ》もないだろう。ベアトリスの背筋がひやりとした。

「申し訳ございません！　ファウベル家の恩情により私たちは生きながらえてきたというのに……恩を仇《あだ》で返すようなことをしてしまい、言い訳のしようもございません！」

身を震わせながら、ロサは深々と頭を下げる。ベアトリスはそんなロサの両肩を抱き、顔をあげさせた。

「それ以上、自分を責めるな、ロサ。お前もフェランも、巻き込まれただけだ。三カ月もの長い間捕らわれ続けて、さぞ心細かったことだろう。すぐに気づいてやれなくて……すまない」

「本当にね。三カ月なんて長い間、ロサが行方《ゆくえ》不明だったというのに、まったく気づかなかった僕たちにも非がある。いくらフェランが必死に誤魔化《ごまか》していたとはいえ……これは僕たちの落ち度だ」

「いえ……いえっ、私は平気です。でも、私のせいで兄さんが……お嬢様を、裏切ることになってしまった！」

ついにこらえきれなくなったのか、ロサは涙をあふれさせる。堰《せき》を切ったかのように流れる涙を見て、ベアトリスは安堵《あんど》した。ロサは泣き虫なのだから、素直に泣ける方がいい。

「安心していいよ、ロサ。フェランはベアトリスを裏切ったりしていない。確かに、妹を助けるためにベアトリスを攫《さら》って行ったけれど、手がかりを残していってくれたから」

セシリオの話では、乗り捨ててあった侯爵家の馬車に、フェランの手紙が隠されていたそうだ。そこに、自分がベアトリスを誘拐したこと、ロサを人質に取られていること、そして、首《しゅ》謀者《ぼうしゃ》がアドルフォであることが書き記してあった。

「僕たちはその手紙を手掛かりに捕縛した誘拐犯たちを尋問《じんもん》し、フェランの言葉が嘘ではないという確証を得て、アドルフォを捕らえるために騎士を動かした。まぁ、そのころにはすでに精霊によってベアトリスの居場所を知ったエイブラハムが動き出していたんだけどね」

「ちゃんとベアトリスの居場所を伝えてから向かっただろう」とエイブラハムが口をへの字に曲げると、セシリオは「あぁ、うん。おかげでこうやってすぐに駆けつけられたんだけどさ」と苦笑した。

「そういえば、外の見張りを昏倒《こんとう》させたのは僕だけど、屋内の誘拐犯たちを斬ったのは僕じゃないよ。僕が駆けつけたときには、すでにみんな倒れていたんだ」

「もしかしたら……フェランが私たちを逃がそうとしたのかもしれない。あいつがこの部屋に現れたときには、すでに傷だらけだったから」

ベアトリスの言葉に頷いて、ロサはフェランの髪をかきあげるように撫《な》でる。頰《ほお》や額に、あざや擦り傷が目立った。

「ロサ、お前の兄は、妹の命も、私たちへの忠義もあきらめず、ひとりで戦い続けた。裏切者なんかじゃない。誇ってもいいいんだ」

「……はいっ。ベアトリス様、ありがとうございます！」

フェランの手を握りしめて、ロサは大きく何度も首を縦に振った。

そのたびに涙が散って、窓からさす陽の光を受けてきらきらと光るのを、ベアトリスは穏やかな心で見守ったのだった。


その後、絶対安静のフェランとロサをオルテリアの街に残し、ベアトリスとエイブラハム、セシリオはアドルフォたち誘拐犯一味を連れて王都へ戻った。

誘拐犯を一網打尽《いちもうだじん》にしたことで、ここ最近頻発《ひんぱつ》していた貴族令嬢連続誘拐事件の全貌《ぜんぼう》が明らかになった。

誘拐犯一味の正体は、ファウベル家の孤児院がある区域を中心に悪さを行っていたごろつきどもだった。恐喝《きょうかつ》や窃盗《せっとう》などを行っていた彼らが誘拐を行うようになったのは、アドルフォと出会ったからだという。

にわかには信じがたいことなのだが、アドルフォの方から彼らに接触し、今回の連続誘拐事件を起こしたそうだ。アドルフォは近衛騎士だが、もとは王都警備兵であるため、王都警備兵の行動をある程度予測することができる。また、王都警備兵当時の同僚から捜査情報を聞き出していたこともわかった。

調べれば調べるほど、アドルフォという人物が極悪非道に思えてくるが、話はそう単純ではなかった。

誘拐された令嬢たちは、ロサも含めて、いずれも心身ともに傷つけられることなく解放されていた。ベアトリスと同じようにどこかの部屋に閉じ込められはしたものの、女性としての名誉を傷つけられることもなく、丁重に扱われたと被害者の令嬢たちは語っている。

それに関して誘拐犯たちに尋問したところ、アドルフォの指示だったと証言した。アドルフォは、いかなる理由があろうと、貴族令嬢に危害を加えることを許さなかったという。なかには命令を無視して貴族令嬢を辱《はずかし》めようとした者もいたそうだが、アドルフォが止めたうえ、実行犯を完膚《かんぷ》なきまでに叩きつぶしたそうだ。アドルフォの強さに恐れをなした彼らは、それ以来アドルフォの命令には絶対に逆らわなくなったらしい。

誘拐犯たちには他にも余罪があるため、重い刑を科せられるのは間違いない。しかし、純粋に金銭のみを目的とした誘拐であったこと、余罪も含め、人を殺《あや》めたりなどしていなかったことから、極刑は免れるだろうと言われている。

首謀者であるアドルフォを、除いて。

「アドルフォが、なにも話さない？」

ファウベル家の応接間にて、セシリオとエイブラハムとともにお茶をしていたベアトリスは、事件の経過報告をセシリオから聞き、声をあげた。

「じゃあ、動機もわからないのか？」

「一言も話さない。だんまりだってさ」

驚くベアトリスへ、セシリオはうなずいた。

ベアトリスが知る限り、アドルフォは軽々しく犯罪に手を染めるような男ではない。女手ひとつで自分を育ててくれたという母親をなによりも大切にする、親孝行な男だった。

もしかしたら、アドルフォがとんでもない悪人で、周りに見せていた顔はすべて偽りだったという可能性もあるが、ベアトリスだけでなく、彼をよく知る人すべてが、アドルフォが犯罪に加担したことを信じられないと証言している。

そんなアドルフォが自ら誘拐を企《くわだ》てた。それ相応の理由があるはずだ。

「周りとしては情状酌量《じょうじょうしゃくりょう》にしたいと思っているんだけど、本人がなにも話そうとしないんだ。このままでは、連続誘拐事件の首謀者として、極刑に処されてもおかしくないよ」

極刑とはつまり、命を落とすということだ。ある程度重い罪になるだろうと思っていたが、まさかそこまでの事態に陥《おちい》っていたなんて。ベアトリスは青ざめた。

「アドルフォは貴族令嬢の尊厳を守ったんだぞ。誰かを殺めたわけでもないのに、どうしてそんな、極刑だなんて……」

「犯罪を取り締まる立場の人間が、自らそれに加担したのだから、科せられる罪は重くなる……そういうことじゃないかな」

　事態をうまく飲みこめないベアトリスへ、エイブラハムが冷静に説明する。ベアトリスはエイブラハムへと視線を向けて、ファウベル家の応接間に彼がいることをいまだ不思議に思った。

　誘拐事件以降、ベアトリスの専属護衛であるフェランが療養中のため、満足に外出できなくなったベアトリスに代わり、エイブラハムがファウベル家を訪れるようになっていた。

　一時はベアトリスだけが会いたいと思っているのかと不安になっていたが、自他ともに認めるひきこもりであるエイブラハムが、大好きな研究を一時中断してまで会いに来てくれたのだと思うと、嬉しさのあまり顔がにやけそうになる。まぁ、エイブラハムとしてはベアトリスだけでなくセシリオにも会いに来ているのだけど。

　――などと、喜んでいる場合ではない。いまはアドルフォの方が問題なのである。ベアトリスが、油断すると緩《ゆる》んでしまいそうな頬に密かに活《かつ》を入れている横で、エイブラハムはセシリオを鋭くにらんだ。

「それで、セシリオ。わざわざベアトリスにそんな話をするということは、なにかしら目的があるんだろう」

「え、ええ～……やだなぁ。そんな深い意味なんて……」

「大方、ベアトリスをアドルフォに面会させ、奴から証言を引き出そうっていう魂胆《こんたん》なんじゃないかな。違う？」

どこか空恐ろしさを感じる笑顔でエイブラハムに見つめられたセシリオは、長い沈黙の末「違わないです」と白状した。

「アドルフォにとって、ベアトリスは特別な存在なんだ。だから、ベアトリスになら真実を話してくれるかもしれない」

「僕は反対だよ。あいつは、本気でベアトリスとともに国外へ逃げようとしていた。そんな危険人物に、ベアトリスを会わせるべきじゃない」

「心配はいらないよ。アドルフォは拘束《こうそく》されているんだ。周りには見張りの騎士が何人もついている。危険なんてないよ」

「そうだとしても、僕は反対！」

普段のんびりしているエイブラハムらしからぬ強い反発に、セシリオだけでなくベアトリスも面食らった。ベアトリスとセシリオはどちらからともなく視線を合わせ、互いに首を傾《かし》げる。

「エイブラハムがものすごい心配性っていうのはわかったけど、どうするかは、ベアトリスが決めることだよ」

セシリオの正論を、エイブラハムは「そうだけど……」と苦い表情で受け止める。そのままこちらへと顔を向けたので、ベアトリスはエイブラハムの目をまっすぐに見つめた。

「エイブラハム……私を心配してくれたことには素直に感謝する。でも、アドルフォは……誘拐なんて企《くわだ》てる男じゃないんだ。あいつにいったいなにが起こったのか、私は知りたい」

ベアトリスのゆるぎない意思を聞いたエイブラハムは、まるで駄々《だだ》をこねる子供のようなふてくされた表情を浮かべた。

「……それってさ、ベアトリスはアドルフォを好きなの？」

思いもかけないエイブラハムの言葉に、ベアトリスは「はぁ!?」と素《す》っ頓狂《とんきょう》な声をあげた。

いったいエイブラハムはなにを言いだすのか。というか、どこをどう考えたらベアトリスがアドルフォを好きだと勘違いするのだろう。ベアトリスが好きなのは――

そこまで考えて、ベアトリスは顔を赤くして固まった。彼女の耳には『ベアトリス、赤くなってる～』『やぁん、純情！』とはしゃぐ精霊の声が響いていた。

しかし、ベアトリスの内心など知らないエイブラハムは、その反応を図星と勘違いしたのか、痛みをこらえるように顔をしかめて「やっぱり……」とつぶやいた。

「本当は、僕の助けなんて必要なかったんだね。あのままふたりで逃げたかったの？」

「ちょ、ちょっと待て！　どうしてそうなるんだ！」

「だって……あのとき、ふたりはくちづけをしようとしていたから……」

エイブラハムの口から「くちづけ」と聞き、ベアトリスの顔がさらに熱くなる。しかし、エイブラハムが勘違いを加速させそうだったため、慌てて「違う！」と否定した。

「あれは、アドルフォが無理矢理したことだ！」

「でも、ベアトリスは抵抗していなかったじゃないか」

「ロサとフェランを人質に取られていたんだ。あの状況で、抵抗なんてできるか!」

ベアトリスは両手を握りしめて叫ぶ。どうしてこんな事態になってしまったんだと、セシリオに助けを求めようとしたが、先ほどまで彼が座っていた場所には、すでに人影すら残っていなかった。

『セシリオ、逃げた!』

『言い逃げ!』

セシリオのせいでこんな事態に陥ったというのに、種をまいた張本人《ちょうほんにん》が逃げるだなんて。ベアトリスは、後日きちんとした報復をセシリオにすると誓った。

ベアトリスの弁解を聞き、エイブラハムは一応納得してくれたらしい。質問の嵐は収まったものの、面白くないと思っているのは明白だった。

「エイブラハム、聞いてくれ。本当に、アドルフォは簡単に罪を犯すような人間じゃないんだ。あいつには、四年前の疫病《えきびょう》に罹患《りかん》して以来身体《からだ》を悪くした母親がいてな。母親を悲しませるようなことをするとは、どうしても思えないんだ」

もしかしたら、母親の治療費を賄《まかな》うために誘拐《ゆうかい》事件を起こしたのかもしれない。近衛《このえ》騎士ともなればそれなりにいい暮らしができるはずだが、よほど特殊な治療でも受けたのだろうか。

悶々《もんもん》と考えるベアトリスを黙って観察していたエイブラハムは、「……わかった」と言って肩を落とした。

「どうしても気になるっていうなら、もう僕は止めない」

「エイブラハム……」

「その代わり！　その尋問《じんもん》には、僕も同席させてもらうよ」

有無を言わせぬエイブラハムの剣幕に圧《お》され、ベアトリスは小刻みに首を縦に振る。その様子を見たエイブラハムは、ほっと息を吐いてお茶を口にする。カップをソーサーに戻すと、なんとなく居心地が悪くてもじもじしていたベアトリスの腕をつかみ、引き寄せて抱きしめた。

突然エイブラハムに抱きしめられ、ベアトリスは抵抗するでも背中に腕を回すでもなく、硬直した。

「自分でもね、わかっているんだ。君をアドルフォに会わせたくないのも、アドルフォの尋問に僕が同席することも、全部僕のわがままだって。でも、どうしても心配なんだ。君を、アドルフォに会わせたくない」

エイブラハムは腕の力を強め、ベアトリスの艶《つや》やかな黒髪に顔をうずめる。

「あの日、君が行方《ゆくえ》不明になったとセシリオから聞いたとき、目の前が真っ暗になったみたいに感じたんだ。もしかしたら、君にもう会えないかもしれない。そう考えるだけで震えるほど怖かった。君を助け出すまで、生きた心地がしなかったよ」

まるで愛の告白のような言葉に、ベアトリスの心臓が早鐘を打つ。これはもしかして、もしかするのか――と湧きあがる期待をどうにか表に出さないようにしながら、ベアトリスはエイブラハムと目を合わせる。

エイブラハムはベアトリスを腕から解放し、その両肩に自らの両手を添えると、戸惑いの見える表情を浮かべた。

「ベアトリス、教えてくれ。この気持ちはなんだい？　君の一挙手一投足《いっきょしゅいっとうそく》に、僕の心はかき乱される。これはいったい、なにを意味しているの？」

それを聞かれても困る。というのがベアトリスの正直な気持ちだった。しかし、エイブラハムの真摯《しんし》な視線に射《い》貫かれては、誤魔化《ごまか》すことなんてできそうにない。

ここは腹をくくって、言うべきだろうか。もしかしたら私のことを好きなのかも、と。

いやいやいや、とベアトリスは脳内で否定した。もし万が一間違っていたらどうするんだ。面と向かって否定された日には立ち直れない自信がある。

だからといって、真剣に悩むエイブラハムを適当にあしらうのも、それはそれで良心が痛む。

どうするべきかとベアトリスが逡巡《しゅんじゅん》していると、その様子を黙って見つめていたエイブラハムが、はっと、目を瞠《みは》った。

それはまるで、思いがけずなくしものを見つけたかのような表情で、ベアトリスを見つめる空色の瞳にも、どことなく熱っぽさを感じた。

もしや自分で答えに至ったのか!?　とベアトリスはついつい期待して、すぐに相手はエイブラハムだぞと自分を律する。

そんなベアトリスの葛藤《かっとう》などつゆ知らず、エイブラハムは驚きの表情のまま、口を開いた。

「もしかして……僕は、君のことが――」

『エイブラハム、そろそろ約束の時間だよ～』

「あぁ、もうそんな時間かい？」

エイブラハムの言葉をかき消すように、精霊の声が割って入った。しかも、エイブラハムはそれを聞くなりベアトリスから手を離して立ちあがってしまう。

「すまない、ベアトリス。実は研究の途中で抜け出してきてね。ちょうど、煎《せん》じた薬草を自然冷却していたところだったんだ。指定の温度になったら知らせてくれるよう精霊に頼んであって、どうやら温度が下がったらしいから、今日のところは帰るとするよ」

つい数秒前まで熱いまなざしを向けていたのに、事情を説明するエイブラハムは恐ろしいくらいにいつも通りだった。別人かと言いたくなるほど見事な変貌《へんぼう》ぶりに、ベアトリスがなにも言えないでいると、エイブラハムは返事も待たずに「それじゃあ」と言って応接間をあとにしてしまった。

その背中を視線だけで見送ったベアトリスは、口を開きかけた格好のまま、扉が閉まる乾いた音と遠ざかる足音を聞き――

「…………ぁぁあああああああっ！」

腹の底から叫んで、額を打ち付ける勢いでテーブルに突っ伏したのだった。

エイブラハムの気持ちが垣間見《かいまみ》えたような、ベアトリスが振り回されただけのようなあの一件の翌日、さっそくベアトリスはアドルフォと面会することになった。ベアトリスが了承するなり事態が動いたところを見るに、昨日のセシリオの提案は、すでに決定事項だったのではないだろうか。

だったらエイブラハムがいる場所で意思確認などせずに、もう決まったことだからと言ってほしかった。そうすればあんな事態には――と考えたところで、昨日の出来事が鮮明に浮かび、ベアトリスは密かに悶絶《もんぜつ》した。

「ベアトリス、大丈夫？　会うのが怖いなら、引き返したっていいんだよ？」

悶々と押し黙るベアトリスを見て、勘違いしたエイブラハムが声をかけてくる。アドルフォの牢屋《ろうや》へと向かっていたことを思いだしたベアトリスは、慌てて「心配ない」と答えた。エイブラハムは納得しかねている様子だったが、ご本人相手にあなたとのあれやこれやを脳内再生して悶《もだ》えていましたとは言えない。

昨日の宣言通り、アドルフォとの面会にはエイブラハムがついてきた。もちろん、言い出しっぺであるセシリオも同行している。三人はアドルフォが捕らえられているという王城の地下牢へ向かい、地下へと続く螺旋《らせん》階段を下りていた。光の神の末裔《まつえい》が治める国であるというのに、視線の先、螺旋階段の奥は光の神の加護すら届かない暗闇に包まれていた。

この先に、アドルフォが捕らわれている。彼の命がかかったこの状況で、自分のことにかまけている場合ではないという決意とともに、ベアトリスはセシリオをにらみつけた。

「え、どうしてそこで僕がにらまれるの」

エイブラハムと一緒にベアトリスを心配していたセシリオは、突然にらまれたことに驚いていたが、ベアトリスは無視した。なぜなら、完全なる八つ当たりだったから。

「ふたりとも、心配ない。行くぞ」

ベアトリスに促され、セシリオたちは前へと向き直る。騎士の先導で、セシリオ、ベアトリス、エイブラハムの順に細い螺旋階段を下りていった。

アドルフォが捕らえられた地下牢は、ベアトリスが想像していたよりもずっと快適そうだった。地下ゆえに、じっとりとくすんだような空気だったが、壁が苔《こけ》むしたり、隅に埃《ほこり》がたまっているこどもなく、異臭もしなかった。もしかしたら、貴族令嬢であるベアトリスが来るからと、掃除《そうじ》をしたのかもしれない。

まっすぐに伸びる通路沿いに、二、三人は収容できそうな広さの牢が並んでいる。天井も壁も床もすべて石でできており、鉄格子《てつごうし》により牢屋と通路が区切られていた。

通路から三つ目の牢屋に、アドルフォはいた。拘束《こうそく》されているわけでもないのに、牢屋の中央に座りこみ、瞑想《めいそう》するかのように目を閉じてうつむいていた。

「……アドルフォ」

恐る恐るといった体《てい》でベアトリスが呼びかければ、人形かと疑いたくなるほど身動きひとつしなかったアドルフォが、すっと顔をあげた。

「ベアトリス様……こんな薄汚いところに、あなたのような清らかな方が来るべきではありません。どうか、お引き取りを」

ベアトリスを熱のこもった瞳で見つめ、胸やけがしそうなほど甘ったるく微笑《ほほえ》むさまは、いつものアドルフォだった。こんな場所でなければ、誘拐事件なんて夢だったのではと勘違いしそうになる。

けれど、いつも身ぎれいだったアドルフォの髪や服が乱れ、埃まみれとなり、顔のところどころに血がにじんでいる。厳しい尋問を受けたのは一目瞭然だった。

どれだけ痛めつけられようとも、アドルフォは真実を話そうとはしなかった。このままでは極刑になるかもしれないと知らされているはずなのに、同僚や上司がいくら説得しても、頑《かたく》なに口を閉ざしている。それなのに、ベアトリスが問いかけただけで、胸に押し込めた思いを吐《と》露《ろ》してくれるのだろうか。

不安が胸をよぎったが、ひるんでなどいられない。少なくともベアトリスは、解決の糸口を手に入れていた。

あの事件の日、アドルフォは言ったのだ。貴族は罪を犯したと。そして、ベアトリスは一度、アドルフォを裏切っているのだと。

それがきっと、彼の閉ざした心を解放する、鍵《かぎ》。

「アドルフォ。私はお前に聞きたいことがあるんだ。あのとき、お前は私に言ったな。貴族に罰を与えるために誘拐事件を起こしたと。私たち貴族は、いったいどんな罪を犯したというんだ？」

ベアトリスの言葉を聞いているアドルフォの顔から、次第に表情が消えていった。すべての感情をそぎ落とした無表情で、アドルフォは答える。

「それを聞いてどうするんです？　どうせ、遠くない未来に処刑されるんだ。私は酌量《しゃくりょう》など望んでおりません。どうか、放っておいてください」

「そんな……お前が死んだら悲しむ者がいるだろうが！」

「そんな存在はおりません」

「母親は!?　母親はどうするんだ！　身体を悪くした母親が家で待っているんだろう！　彼女を置いて、お前は死ぬというのか!!」

ベアトリスは鉄格子をつかんで声を荒らげる。アドルフォはいつだって、母親のことを第一に考える優しい人間だった。彼と初めて出会ったときも、病に苦しむ母親を必死に支え、看病していた。

親孝行な息子であるアドルフォが、母親を置いて死んでもいいと思うなんて、どう考えてもおかしい。

「言え、アドルフォ！　お前にいったい、なにがあった？　もしや母親を人質に取られているのか？　ちゃんと話せ。私は、お前の力になりたいんだ！」

ベアトリスの説得を聞きながらうつむいてしまったアドルフォは、やがて肩を震わせて「くく……」と声を漏《も》らす。

「……くはっ、ははははははっ！」

うつむき、泣いているかのように身を震わせていたアドルフォは、突然声をあげて笑い出した。座りこんだ格好のまま、腹を抱えて笑い続ける。どうして突然笑い出したのか、ベアトリスたちが困惑している間に、なんとか笑いを抑えたアドルフォが顔をあげ、熱に浮かされたかのような目でベアトリスを見つめた。

「あぁ……やはりベアトリス様はどこまでいってもお優しい方なのですね。私の母にまでそのお心を砕《くだ》いていただき…………吐き気がします」

強い拒絶を口にした途端、アドルフォの瞳から熱が消え、暗くよどんだ冷たさをはらむ。雰《ふん》囲気《いき》を一変させたアドルフォに、騎士やセシリオたちは身構えるも、ベアトリスだけは真正面から対峙《たいじ》した。

ベアトリスのなにが逆鱗《げきりん》に触れたのかわからない。けれど、あの日と同じ暗い空気を纏《まと》ったアドルフォならば、真実を話してくれる。ベアトリスはそう確信した。

「アドルフォ、教えてくれ。お前は、なぜこんなことをしたんだ」

「なぜって、さっきご自身でおっしゃったではありませんか。私は、貴族に罰を与えただけです」

　突き放し、ゆっくり追いつめていたぶる物言いは、あの日とまったく同じで、ベアトリスは鉄格子をつかむ手に力を込める。

「それはいったい……どのような罪に対する罰なんだ」

「貴族には、弱き民を守る義務があります。それを怠《おこた》り、己かわいさのために死にゆく命を見捨てた。私はあなたたち貴族を、絶対に許しません」

　己かわいさのために死にゆく命を見捨てた——そう言われて、ベアトリスが思い起こすのは、たったひとつの事件だった。

「お前が言う罪とは、四年前のことか？」

　震える声でベアトリスが問いかけると、アドルフォは笑みを浮かべた。それは歓喜しているようで、打ちひしがれてもいるような、不思議な笑みだった。

「やはり……ベアトリス様もご存じだったのですね。そう、それです。四年前、王都を新種の疫病《えきびょう》が襲ったとき、貴族たちは特効薬を買い占め、結果、数えきれないほどの人間が命を落とした」

　四年前の事件は、ベアトリスだけでなく、エイブラハムやセシリオにとっても苦く辛《つら》い記憶として残っている。命を落とした弱き民たちと同じ立場だったアドルフォの言葉は、三人のいまだ癒《い》えぬ心の傷をえぐった。

「四年前、私は疫病に苦しむ母を抱え、ファウベル家が運営する孤児院を訪れました。そこで私は、病を恐れず患者たちに手を差し伸べるあなたと出会いました。覚えておられますか？」

アドルフォの問いに、ベアトリスは「覚えているさ。忘れるはずがない」と答えた。

アドルフォは孤児院がある区域の出身で、四年前はまだ王都警備兵だったこともあり、いまだあの区域に家を構えていた。疫病に罹患《りかん》した母親の治療のために孤児院を訪れたのは、なんら不思議なことではなかった。

「あの時、孤児院は入院患者で溢《あふ》れかえっていて、お前の母親を入院させることは出来なかった。高齢ではあったが病がそれほど進行していなかったため、自宅療養を言い渡すしかできなかったんだ……」

事情を聞いたアドルフォが、母親を背負って帰っていくその後ろ姿を、ベアトリスは鮮明に思いだせる。

アドルフォだけじゃない。四年前、入院できずに帰っていった人々の背中を、ベアトリスはひとつ残らず覚えている。魂に刻み込まれたかのように、忘れたくても忘れられない事だった。

だから、一年後に近衛《このえ》騎士となったアドルフォと再会し、母親の無事を聞いたとき、心の底から安堵《あんど》したのだ。

「どうか、御自分を責めないでください。あの状況では、患者すべてを入院させることなどできないことを、私たちはわかっています。それよりも、私はあなたという存在に救われたのです。貴族でありながら、過酷《かこく》な環境に身を置いて、我々へ向けて手を差し伸べようとする、あなたの姿に」

アドルフォは服の胸元を握りしめ、祈るように目を閉じた。

「私はあなたにもう一度会いたくて、近衛騎士になりました。あなたと再会し、傍にいられる喜びをかみしめていた矢先に、私は知ってしまったのです。四年前に貴族が犯した、罪を」

アドルフォは瞼《まぶた》をあげてベアトリスを見る。微笑んでいるのに、光さえ飲みこんでしまいそうな深い闇が、その瞳に宿っていた。

「四年前、孤児院から帰ろうとする私たちを、ベアトリス様は引き留めましたね。そして、少ないけれどと言って、水や栄養価の高い食料を私にくださいました。母のために、またなくなったらいつでも取りに来いと言ってくださいました。でも……薬だけは、くださいませんでした」

悲しみに崩れるアドルフォの笑みを見て、ベアトリスはある可能性に気づく。「まさか……」とつぶやくベアトリスへ、アドルフォはうなずいた。

「私の母は、四年前の疫病で亡くなりました。孤児院を訪れた二日後に……容体が急変して、瞬く間に弱り、息を引き取りました」

「そんな……だって、お前は言ったじゃないか！　母親は、生きていると……」

「言えなかったのです。一度しか会っていない母のことを案ずるあなたに、本当のことなど、言えるはずがなかった……」

ベアトリスは鉄格子をつかんだまま、ずるずるとその場に座りこむ。

この四年間、ずっと、ずっと考えていた。いまは病状が軽いからと追い返した患者のなかに、満足な治療を受けられなかったがゆえに病が急激に進行し、命を落とした者がいるのではないかと。

そんな不安がずっとあったから、アドルフォの母親が生きてくれていたことに安堵したのだ。ことあるごとにアドルフォの母親を気遣っていたのも、見捨てるしかなかった過去の罪滅ぼしだった。

「私の気持ちが、わかりますか？　病と闘う人々のために、危険を承知で手を差し伸べてくれていたのだと思っていたのに、本当は、薬を独占していただなんて……」

アドルフォはベアトリスを見つめたまま、一筋、涙を流す。

「あなたは、再会してからも母にたくさんのものをくださいました。そんなもの……要らなかったのです！　私が欲しかったのは、あの病を癒《い》やす薬。ただそれだけなのに、どうしてあなたはそれを渡してくれなかったのですか!?」

アドルフォの糾弾《きゅうだん》が、ベアトリスの心に突き刺さり、四年前から続く後悔が全身をむしばむ。身体《からだ》は震え、息苦しくなり、視界に映るアドルフォがにじみだした。

「薬を持っていたくせに！　薬を必要としていた私たちに渡さず、聖女のように振る舞って私たちをだましたんだ！　なにが貴族の誇りだ、弱き者を守るだ！　この嘘つきの偽善者め！　水も食糧もいらなかったんだ！　薬が……薬さえあれば――」

「ふざけたことを言うな」

　あふれた涙が粒となってベアトリスの頬《ほお》にこぼれようとした、その時。凛《りん》とした声が、地下牢に響き渡った。声の主――エイブラハムが、ベアトリスのすぐ真横に立ち、アドルフォを冷たく見下ろす。

「母親を亡くしたお前の無念も、貴族への憎しみも十分理解できる。だが、ベアトリスを責める権利はお前にも、母親にもありはしない」

　普段の柔らかな声ではなく、相手を突き放すような、威厳すら感じる強い声で、エイブラハムは言葉を続ける。

「あのとき、ベアトリスはまだ十四歳だったんだ。僕やセシリオですら後で知った貴族の悪行を、幼い彼女が知るはずがないだろう」

　四年前、ベアトリスがなにも知らなかったのだと聞き、アドルフォは目を見開く。

「十四歳の少女が、苦しみの果てに命の灯を消していく人々を看取《みと》り続けてきた。逃げることだってできたのに、ベアトリスはずっとそこにとどまり、手を差し伸べ続けた。それは、称《たた》えられるべきことであって、間違っても、こんな風に非難されることじゃない」

エイブラハムは膝をつき、鉄格子を握りしめたままのベアトリスの手に自分の手を重ね、強《こわ》張《ば》った指を優しくほどく。鉄格子から離れるなり、エイブラハムの両手が包みこんだ。

「ベアトリスは優しいから、お前の憎しみを黙って受け止めてくれるだろう。それが分かっていて、お前はいま、こうやってベアトリスを責める。病から逃げることなく立ち向かった、十四歳の少女を相手にな。甘ったれるのもいい加減にしろ！」

エイブラハムに怒鳴られたアドルフォは、押し黙ったまま激しく息を乱し、うつぶせるようにうずくまった。

「……は、はは……ははは……っ」

力ない笑いはいつしかうめきとなり、アドルフォは泣き続けた。

ベアトリスはアドルフォに声をかけることができなくて、泣き暮れる彼を呆然《ぼうぜん》と見つめた。そんな彼女の腕をエイブラハムが取り、半ば無理矢理引き立たせた。

「……行こう。後のことはセシリオに任せればいい」

エイブラハムの言う通りで、でも、こんな状態のアドルフォを残していってしまっていいのかわからなくて、ベアトリスは答えあぐねる。そんなベアトリスの頭に、セシリオが手を置いた。

「大丈夫だよ、ベアトリス。いまは、アドルフォをそっとしておいてあげよう。いつか必ず、また会えるから」
　また会える――それはつまり、アドルフォが極刑を免れるだろうということだ。セシリオの言葉を、微笑みを信じて、ベアトリスはエイブラハムとふたりで地下牢をあとにした。

　エイブラハムがルビーニ家から乗ってきた馬車に揺られて、ベアトリスとエイブラハムはファウベル家へ戻った。屋敷に着くまでの間、ベアトリスもエイブラハムも互いに一言も話さず、けれど沈黙が重いということもなく、どちらも考え事をしていた。

　ファウベル家の門前に着き、御者の手を借りながら馬車を降りたベアトリスは、わざわざ馬車から降りてくれたエイブラハムに見守られながら、屋敷へ戻ろうとして、振り返った。

　屋敷へ入ろうとしないベアトリスに、エイブラハムは首を傾《かし》げる。先ほどアドルフォに見せた苛烈《かれつ》さなどかけらも残っていない、どこかのんびりとした空気を纏う空色の瞳を見つめて、ベアトリスは言った。

「エイブラハム。私と、結婚してくれないか」

「……は？」と、口をあんぐりと開けて放心するエイブラハムへ、ベアトリスは自分の気持ちを伝える。

「四年前の事件は、一部の愚かな貴族が犯したことだ。でも、防ごうと思えば、防げたかもしれない惨事《さんじ》だった」

「それは……僕がきちんと薬を管理しなかったから……」

「違う！　そうじゃない。お前は、薬を作りあげた。なにかを新しく作るということは、計り知れない労力を消費することだろうと思う。だから、お前に薬の管理までやれなんて、酷《こく》なことは誰も言わない」

ルビーニ家の魔術師たちは、とても有能な研究者だ。研究にすべてをつぎ込む彼らに、それ以上を望むことの方がおかしいと、ベアトリスは馬車の中で思い至った。

魔術師たちに研究だけに集中してもらうためにはどうすればいいか。それは、薬を管理する人間を新しく配置すればいい。

「私がする。お前と結婚して、ルビーニ家の人間となって……そして、魔術師たちの薬を私が管理する」

ベアトリスに商《あきな》いの知識はない。夜会に積極的に参加しなかったため人脈だってない。だったらこれから手に入れればいい。

ずっと祖母ルティファのようになりたいと思っていた。けれど、それではいけなかった。なりたいと思うだけではなく、なろうと努力するべきだった。

「四年前の悲劇を、二度と起こさせはしない」

そのための努力は惜しまない。ファウベル家の伝手も、ルティファの孫だという地位も、すべて利用し、誰にもゆるがせられない確固たる薬の流通ルートを作りあげてみせる。ベアトリスは決意をこめ、エイブラハムの目をまっすぐに見つめて言い切った。

「私と結婚してくれ、エイブラハム！」

ベアトリスの渾身《こんしん》の逆プロポーズを聞き、驚きのあまり硬直していたエイブラハムは、はくはくと静かに開け閉めしていた口を止め、瞬く間に顔を真っ赤に染めた。すぐさま口元を手で覆《おお》い、ベアトリスから顔を背ける。

こちらをちらちらと見ては視線を彷徨《さまよ》わせるという、挙動不審な態度を示すエイブラハムに、ちゃんとした返事をもらえるのだろうかとベアトリスが不安に思ったころ、彼はわざとらしく咳《せき》ばらいをして姿勢を正した。

「すまない、ベアトリス。これはだめだ。だめなやつだ」

「……は、え、だめって、どういうことだ。私との結婚ができないということか？」

今度はベアトリスの方が口をあんぐりと開け、エイブラハムに問いかける。だが、エイブラハムはそんなベアトリスから視線をそらして顎《あご》に手を添え、なにやら考え始めてしまった。

「うん、やはり、僕はもう帰ることにするよ。それじゃあ」

「え、ええっ!?　ちょ、エイブラハム！　結局どっちの意味だったんだ。結婚できるのかできないのか……おいコラ――――――！」

ベアトリスの悲痛な叫びを無視して、エイブラハムが乗り込んだ馬車は去っていった。

無情にも遠ざかっていく馬車が見えなくなっても、ベアトリスは動くことができなかった。

「あの……お嬢様。いかがなされましたか？」

エイブラハムがいなくなったというのに、いつまでも門前で立ち尽くすベアトリスを心配した執事長が、傍によって声をかける。その途端、ベアトリスの中でなにかが音を立てて切れた。

「きゃ――――！　お嬢様――――！」

突然倒れたベアトリスを見て、執事長は動揺《どうよう》のあまり乙女《おとめ》のような悲鳴をあげたのだった。


「あぁ……お嬢様、なんとおいたわしい」

ベッドに横たわるベアトリスの傍でめそめそと泣き暮れるのは、言わずもがなロサである。

ベアトリスが門前で倒れた翌朝、ロサはファウベル家へやってきた。フェランの絶対安静が解けたので、兄妹そろって王都へ戻ってきたのだ。いま、フェランは屋敷内に設けられた彼の自室で療養しており、ロサだけでもベアトリスに挨拶《あいさつ》を、と部屋へやってきた。しかし、そこで昨日の顚末《てんまつ》を誰かから聞いたらしく、ベッドに横たわるベアトリスを見るなりめそめそと泣き始めたのだ。

ベアトリスの本心としては、ロサにはぜひともフェランの傍にいてほしい。というのも、ただでさえ落ち込んでいるというのに、横でじめじめと泣かれるとベアトリスの気持ちもさらに急降下してしまう。泣きたいのはこっちだ、というのが本音だった。

「世の男をすべからく虜《とりこ》にしてしまうお嬢様が、失恋だなんて！」

「いやいやいや、まだ失恋と決まったわけじゃないからな」

看過《かんか》できない発言にベアトリスが思わず起きあがって物申すと、ロサはベアトリスの両手を握りしめ、わかっていますと言わんばかりのまなざしを向けた。

「初めての経験で受け止められないのはわかります。ですがお嬢様。現実はきちんと受け止めましょう」

「おいぃっ!?　現実を受け止めろとかいい事言っている風でだいぶひどいこと言っているからな！　わざとか？　実はわざとだろう！」

糾弾《きゅうだん》するベアトリスの耳もとで、『ロサ、天然！』『悪気がないから余計に性質《たち》が悪いよね』という声が聞こえた。これで天然なのか!?　と衝撃を受けたベアトリスは、またベッドに倒れこんだ。

「私のことはもういい。それよりも、ロサは大丈夫なのか。我が家で働く使用人たちは皆、良い人間ばかりだが、不安もあるだろう」

ロサがファウベル家へやってきたのは、フェランの付き添いというだけではない。今日から、彼女もファウベル家で働くのだ。

あれからベアトリスはグスターボやセシリオと相談し、フェランにはこれからも変わらずべアトリスの専属護衛でいてもらうことになった。ただ、フェランからベアトリスの情報を引き出そうと、妹であるロサを狙う輩《やから》がまた現れるかもしれない。その危険を減らすため、ロサにはファウベル家の使用人になってもらうことにしたのだ。

「お気遣い、ありがとうございます。お嬢様を危険にさらした私たち兄妹を受け入れてくださった。それは、ファウベル家の皆さまだけでなく、ここで働く方々も同じでした。私たち兄妹は、本当に、果報者《かほうもの》です」

ロサは涙をぬぐい、きれいに微笑《ほほえ》んで見せたが、彼女が孤児院での仕事に情熱を燃やしていたことは知っている。フェランを雇い続けるためとはいえ、子供好きだった彼女を屋敷に縛り付けることに、ベアトリスは申し訳なさを募《つの》らせた。

「そんな顔をしないでください。そうですね、いつか生まれるであろうお嬢様の子供の世話をさせてくださいませ。私、こう見えて子供の相手は得意なんですよ」

「知っている。いつか生まれたら、お前の力をぜひ借りよう」

「まぁ、本当ですか。約束しましたよ、お嬢様。絶対ですからね！」

目を輝かせて喜ぶロサがかわいらしく、ベアトリスは微笑む。しかし――

「そうと決まれば、早く相手を見繕《みつくろ》わなければ……失恋したいまがチャンスよね」

続くロサの不穏なセリフに、思わず「おいこら！」と突っ込んだ。

「失恋したいまがチャンスって……いったい誰を私にあてがうつもりだ。言っておくがな、いくら失恋したからって、適当な男になびく私じゃないぞ！」

売り言葉に買い言葉とはいえ、失恋を認めてしまうと思いの外《ほか》胸に来るものがある。ベアトリスはそのまま呻《うめ》いて毛布の中に潜り込み、ロサに背を向けた。

ベアトリスの逆プロポーズをだめなやつだとはねのけて以来、エイブラハムからなんの反応もない。そもそも、昨日の今日なため、なにか進展があるほど時間が経っていなかった。

やはり、だめというのはベアトリスと結婚できないという意味なのだろうか。アドルフォに対して嫉妬《しっと》しているように思えたのに、あれもベアトリスの勘違いだったのだろうか。あのとき「私のことが好きかも」なんて宣《のたま》わなくてよかったと、ベアトリスは心から思う。

もう、エイブラハムはベアトリスと会ってくれないんだろうか。別れの挨拶はしても、再会の約束はしてくれなかった。当然だ。異性としての好意を寄せていなかったのなら、逆プロポーズしてきたベアトリスなど迷惑でしかない。

もしかしたら、「だめなやつ」というのは、ベアトリスとの友情が終わってしまった、という意味だったのかもしれない。

考えれば考えるほど思考は悪い方へと傾き、鼻の奥がつんと痛んで、口元がわななないた。

「ううう……お嬢様ったらそんなに思い詰めてっ……」

泣く――と思った瞬間に、背後のロサが盛大に嘆《なげ》きだしたため、図らずも涙が引っこんだ。

自分以上に取り乱した人が傍にいると、案外、冷静になれるものなのだな、と、できればいまは知りたくない事実を知った。

いっそのこと、ロサをフェランのもとへ返してから改めて落ちこもうか。そんなちょっぴりしょっぱいことをベアトリスが考えていると、部屋の扉が叩かれた。

「あら、来客でしょうか」

「今は誰にも会いたくない。寝込んでいるとでも言って追い返してくれ」

ベアトリスは毛布を持ち上げて頭まで隠す。ロサはそんな彼女を心配そうに見つめていたが、すぐに涙をひっこめて来客の対応へ向かった。

扉を開けたかと思うと、ロサはなぜか廊下《ろうか》へ出ていってしまった。毛布の中で耳を澄ませ、気配を探っていたベアトリスは、もしやロサへの来客だったのかもしれないと思い至る。

ここがベアトリスの部屋だからとはいえ、すべての出来事に自分が関係していると思うだなんて、もしかして自意識過剰《かじょう》なんだろうか。などと悶々《もんもん》と考えていたら、ロサが戻ってきた。

「遅かったな。お前に来客だったのか?」

ベアトリスは毛布から顔を出し、ロサへと振り返る。その視界を、真っ赤なバラが占拠した。

「ベアトリス、待たせてごめんね」

甘く濃厚なバラの香りに酔わされていたベアトリスは、降り注いだ声がロサのものではなかったことに気づき、顔をあげる。

エイブラハムが、抱えるほど大きなバラの花束を差し出していた。

「エイブラハム……どうして、こんな……」

　慌てて身を起こしたベアトリスは、一瞬、見舞いに来たのだろうかと思い、すぐにその可能性を否定した。見舞いにしては、エイブラハムの格好がおかしかったから。

　今日のエイブラハムは、バラの花束を抱えているだけでなく、服装もいつもと違った。魔術師の目印ともいえる漆黒《しっこく》のローブを脱ぎ捨て、夜会の時のような盛装に身を包んでいたのだ。いつもふわふわと風に揺れていた癖《くせ》のある金の髪はしっかりと撫《な》でつけられ、ローブや前髪で隠れていた空色の瞳があらわになっている。

　訳が分からず、ベアトリスがバラを受け取ることすらできずにいると、エイブラハムはバラを抱えたまま目の前で跪《ひざまず》き、彼女の手を取って漆黒の瞳を見上げた。

「ベアトリス、昨日はなにも説明せずに帰ってごめん。今日はちゃんと準備してきたから、君に想いを伝えられる」

　準備？　想い？　ベアトリスの頭にいくつもの疑問符が浮かんだが、そんなことは知らないエイブラハムは、改めてバラを差し出し、言った。

「薬の管理とか、そういったことを目的としないで、純粋に、僕と生きることを考えてくれないかな。ベアトリス、僕と結婚してください」

　エイブラハムの言葉が、混乱しつつも仕事を果たそうとするベアトリスの耳に届き、疑問符が飛び交う脳を通り過ぎ――やがて胸の奥に着地した。

「…………………は？　え、あ、え？　ちょ、ちょっと待て！　結婚？　私と、エイブラハムが？」

ベアトリスの記憶が確かなら、プロポーズならすでに自分からしたはずだ。それなのに、どうしていま、エイブラハムから結婚の申し込みをされたのだろう。

「と、というか、昨日、お前はだめだとかなんとか言って、帰っていったじゃないか！」

そのせいで、ベアトリスは朝からずっとベッドの住人なのである。体調不良ではなく、ふて寝という意味で。

「あれは、ベアトリスとの結婚がだめなんじゃなくて、ベアトリスに言わせてしまったあの状況がだめなんだ。結婚の申し込みというのは、盛装した男が深紅のバラの花束を差し出しながら行うものだと聞いたよ」

いやに具体的、かつ乙女チックな話に、ベアトリスは目を冷たく細める。

「……それ、誰から聞いた？」

「ミランダ」

やっぱりなと思い、ベアトリスはため息とともに頭を抱えた。十中八九、幼いころにミランダが語ったのだろう。それを大人になっても常識としてエイブラハムが記憶していると聞いたら、ミランダは恥ずかしさのあまり悶絶《もんぜつ》するに違いない。盛装して赤いバラを差し出すだなんて、どこのロマンス小説だと言いたくなるが、実際に受けてみて思う。悪くない。いやむしろ、嬉しい。

ベアトリスはにやけそうになる頬《ほお》を必死に押さえ、つんと顎《あご》をそらしながらバラを受け取った。

「仕方がないから、結婚してやる」

かわいげのかけらもないベアトリスの態度を、エイブラハムは怒ることもなく微笑ましそうに見つめる。

「なんだ。なにか言いたいことがあるなら言え」

「ふふふっ、実はさっき執事さんから聞いたんだ。ベアトリス、昨日僕が帰ったあと、振られたと思って寝込んだんだってね」

予想だにせぬ執事の裏切りに、ベアトリスがなにも言えないでいると、エイブラハムはいたずらな笑みを浮かべた。

「ねえ、ベアトリス？　僕のうぬぼれかもしれないけれど、君は僕のことが好きでしょう？」

「なっ……おお、お前こそ！　アドルフォに嫉妬したりして、私に惚《ほ》れているな！」

「うん。そうだよ」

ベアトリスの反撃を、エイブラハムはあっさりと認めてしまった。思いがけない言葉に、ベアトリスが硬直すると、エイブラハムはその頬に手を添えた。

「僕は、ベアトリスが好きだよ。本当は、時期を見て僕の方から告白しようと思っていたんだから。まぁ、ベアトリスに先を越されてしまったけれど」

「わ、私だって必死だったんだ！　それに、その……お前の好きというのは…………異性としてか？」

「なに言ってるの。もちろん、女の子として好きに決まっているじゃない」

以前は友情だとかなんとか言っていたではないか――という反論は、胸にとどめることにした。

エイブラハムの顔が、近づいてきたから。

重なり合った唇が離れ、至近距離で見つめ合ったところで、ベアトリスはささやく。

「私も、エイブラハムが好きだ」

それを聞いた瞬間の、エイブラハムの幸福に満ち満ちた顔を、ベアトリスは一生忘れないだろう。


エイブラハムとの結婚を決めたベアトリスは、彼とともにその足でグスターボのもとへ向かい、事の次第を報告した。多少は渋られるだろうかと心配したが、グスターボはあっさりと了解した。むしろやっとベアトリスが結婚を決めてくれたと泣かれてしまい、そこまで心配をか

けていたのかと、ちょっぴりベアトリスの良心が痛んだ。しかし、そのすぐ後に孫が楽しみだとはしゃぎだしたため、罪悪感など空の彼方《かなた》へ吹っ飛んだ。グスターボはもう少しデリカシーというものを身に着けるべきだと思う。

その場に同席していたセシリオもそれは喜んだ。自称親友という位置づけから、義兄弟になれると言って喜び、エイブラハムとしてもまんざらでもなかったらしく、ふたりしてへらへらとだらしなく笑っていた。一時は会うこともままならなかったのに、こうやって笑いあえるようになってよかったとベアトリスは感慨《かんがい》深く思った。

ふたりの結婚を喜んでいたのは、グスターボやセシリオだけではなかった。精霊たちも、すこぶる喜んでくれた。いつだったか妄想《もうそう》した通り、精霊たちはベアトリスとエイブラハムをくっつけようとしていたらしい。それだけでなく、ふたりがくっつくか否《いな》かで賭《か》けをしていたと聞き、もしも精霊の姿が見えたなら殴《なぐ》り飛ばしていたと思う。いや、精霊の体長は人の顔くらいしかないとエイブラハムから聞いたので、指ではじくくらいがちょうどいいかもしれない。

また、エイブラハムと婚約をするうえで外せない問題、ミランダとブルーノに関しては、ブルーノが危険を顧《かえり》みずにミランダを助けに行ったことから、彼女の父から一応は認めてもらったそうだ。ただ、どうしても身分という壁が立ちふさがり、話が停滞していたところへ、事情を知ったグスターボが手を回し、ブルーノをとある貴族の養子としたのち、イェステ伯爵家に婿入りした。

もろもろの問題が解決し、晴れてベアトリスとエイブラハムの婚約は公《おおやけ》となり、瞬く間に社交界の話題をかっさらった。ベアトリスに懸想《けそう》していた男どもは、エイブラハムが惚《ほ》れ薬を仕込んだに違いないと噂《うわさ》していたらしい。冗談でエイブラハムに確認してみたところ、「そんなものなくたって、ベアトリスは僕が好きでしょう？」と真顔で返されてしまった。顔を真っ赤にしたベアトリスが、エイブラハムにせがまれて気持ちを素直に伝えたことは、言うまでもない。

そんな、騒がしくも幸せな日々がひと月ほど過ぎたころ。

アドルフォの刑が決まった。

ベアトリスとエイブラハムは、王城へやってきていた。これから流刑地《るけいち》へ送られるというアドルフォを見送るためである。

極刑を免れたアドルフォには、石炭の採掘場にて十年の強制労働が科せられた。その採掘場は流刑地のなかでも過酷《かこく》な現場だと有名で、毒ガスが発生したり、採掘場が崩れるなどして命を落とすこともあるという。命は長らえたが、限りなく極刑に近い刑罰だった。

王城の裏門には、罪人を運ぶための馬車が待機している。真っ黒い箱に鉄格子《てつごうし》の窓がくっついたような客車だった。

「ベアトリス、来たよ」

エイブラハムに声をかけられ、馬車に注目していたベアトリスは後ろを振り返った。腰や手首に鎖をまいたアドルフォが、周りを騎士に囲まれた状態で歩いてきていた。頬がこけ、全体的に瘦《や》せたように思える。服装も、騎士の鎧《よろい》ではなく囚人服を着ていた。

アドルフォはベアトリスに気づいたものの、一瞬視界に捉えただけですぐに前を向いてしまい、そのまま通り過ぎていく。

「待て！」

ベアトリスが呼びとめると、騎士たちが立ち止まった。必然的にアドルフォも足を止めたが、背を向けたまま振り返らなかった。

「私の顔も見たくないというのなら、それでいい。そのままで聞いてくれ」

少し骨ばった気がする背中に、ベアトリスは語り掛ける。

「私は、エイブラハムとの結婚を決めた。ルビーニ家の魔術師たちが薬の研究に集中できるよう、私が事務方をすべて引き受けるつもりだ。貴族が簡単に手を出せないような薬の流通ルートを、必ず開拓してみせる。四年前のような悲劇は、もう二度と起こさせはしない」

「だから」と言葉を切って、ベアトリスは胸を張る。

「お前も、さっさと刑期を終えて帰ってこい。お前は、私の騎士なのだからな！」

何の反応も示さなかったアドルフォが、私の騎士と聞いて、身体《からだ》をこわばらせた。話が終わったと判断した騎士が、前へ進むよう促した、その時。

ずっと動かなかったアドルフォがベアトリスへと振り向き——その場に片膝をついて胸に手をあてた。

「このアドルフォ、我が女神の御ために、必ず罪を償《つぐな》って戻ってまいります」

そう宣言したアドルフォの頬は涙で濡れていたけれど、ベアトリスを見つめる瞳には、確かな光が宿っていた。

「あぁ、ルビーニ家で待っているぞ」

ベアトリスは満ち足りた笑顔でうなずいた。


アドルフォと騎士を乗せた馬車が走り出す。早朝ゆえ、人通りの少ない大通りを馬車が走り抜ける様を、ベアトリスはいつまでも見送った。

「やっぱり、面白くないね」

馬車が見えなくなったころ、ずっと黙っていたエイブラハムが口を開いた。なんのことかとベアトリスが視線をやれば、彼はふてくされた表情でベアトリスを見つめていた。

「君たちふたりには、誰にも立ち入れない絆《きずな》みたいなものがある気がする」

「なんだ、エイブラハム。嫉妬《しっと》したのか？」

ベアトリスがからかうと、「そうだよ」とエイブラハムは肯定した。

「嫉妬くらいするよ。だって、僕はベアトリスが好きなんだもの」

エイブラハムの真っ正直な言葉に、ベアトリスの頬に熱が集まる。慌てて隠そうとするも、それより先にエイブラハムが両手で包んだ。

「ねぇ、ベアトリス。聞かせてくれないかな。君の気持ちを」

エイブラハムの空色の瞳に、ベアトリスの顔が映る。彼の目に自分だけが映っていると思うだけで、ベアトリスの心は甘く満たされる。自然とこぼれる笑顔とともに、ベアトリスは答えた。

「そんなもの、決まっているだろう。私はお前が――」

言葉の続きは、彼の唇に吸い込まれた。


ルビーニ家の長い歴史を語るうえで、エイブラハム・ルビーニとその妻ベアトリス・ルビーニの存在は欠かせない。

エイブラハムは歴代の魔術師のなかでも群を抜いて優秀であり、彼が作り出した薬は現在でも使用されている。救われた命は数えきれないだろう。

一方のベアトリスは調薬こそしなかったものの、薬の流通ルートや薬草の入手ルートを確立し、さらに、社会への貢献度に比べて明らかに低かった魔術師の地位を向上させた。

それまでの魔術師の待遇を鑑《かんが》みるに、もしもベアトリスが魔術師の地位向上に取り組んでいなければ、彼女の娘であるビオレッタ・ルビーニが第十一代光の巫女《みこ》に選ばれることもなかったかもしれない。

おまけ　ルビーニ家の日常

「すごいすごい、ビオレッタ！　ひとりで歩いてる！」

　はつらつとした子供の声が中庭に響く。ピョンピョンと飛び跳ねるたびに子供らしく短く切りそろえられた金髪をなびかせ、真夏の空のように透き通った青の瞳をらんらんと輝かせる少年は、ベアトリスとエイブラハムの長男、コンラードである。コンラードの隣で、飛び跳ねこそしないものの、同じように何かを一心に見つめる黒目黒髪の少年は、次男のルイスである。

　そして、両親それぞれの色を受け継ぐ兄弟に見守られているのは、おぼつかない足取りを伸ばした両腕でなんとかバランスをとる幼子。ベアトリスとエイブラハムの三人目の子供にして初の娘、ビオレッタである。

　つい最近一歳を迎えたビオレッタは、ふわふわと軽やかに波打つ金の髪と、透き通った空色の瞳をエイブラハムから、幼子相手に美の女神も顔を伏せて逃げ出しそうな愛らしさをベアトリスから受け継いでいた。

　初めてひとりで歩くという、妹の確かな成長を目にして、ふたりの兄は我がごとのように喜ぶ。そこへ「……うぅっ」という、和《なご》やかな場にそぐわない嘆《なげ》きが届いた。

「お嬢様が……とうとう歩き出してしまった。こんなにも愛らしい方がホイホイと外に出てしまったら、有象無象《うぞうむぞう》が寄ってきてしまうわ。美しすぎるがゆえに、お嬢様に平穏は訪れないのよ！」

両手で顔を覆《おお》って嘆くのは、ルビーニ家の三兄妹の世話を任されているロサだった。

ロサがいったいなにを嘆いているのか、見上げるコンラードには全《まった》くわからないが、ビオレッタが危険にさらされるかもしれない、ということだけは何となく感じとった。

「だいじょうぶだよ、ロサ。ぼくが、ビオレッタをまもるから。だって、ちょうなんだもの！」

ロサのスカートの裾《すそ》をつかんでそう宣言すれば、「お坊ちゃまが、禁断の恋に目覚めてしまったぁ!?」と、さらに騒ぎだした。ロサの話す内容は相変わらず理解できなかったので、きっと自分が頼りないからロサは不安がぬぐえないのだろうと思った。

ビオレッタとルイスが仲良くお昼寝を始めてしまい、ひとりとなったコンラードは、強くなるため剣の稽古《けいこ》をしようと思った。

ルビーニ家には、強い人間が三人いる。

ひとりはベアトリスの専属護衛を務めるフェランで、コンラードとルイスの剣の師匠《ししょう》でもある。だが、今日は交渉のために出かけたベアトリスに同行している。

ふたりめは父であるエイブラハムなのだが、研究が大詰めなのかここ数日部屋にこもったっきり顔を見ていない。おそらく、ベアトリスが孤児院から戻ってきたら、強制的に引っ張り出されると思う。

いまのエイブラハムに稽古は頼めないと子供ながらに察したコンラードは、最後のひとりを頼ることにした。


「おや、お坊ちゃま。おひとりですか？」

目的の人物は、屋敷の前庭にある畑にいた。深く腰を折って薬草に肥料《ひりょう》を与えていた彼は、ふらりと現れたコンラードを見つけるなり、背筋を伸ばした。額の汗を袖口《そでぐち》でぬぐい、代わりに泥《どろ》を付着させてしまったこの男は、言わずもがな、庭師である。

そして庭師こそが、ルビーニ家の強い男、最後のひとりである。

短く刈《か》りあげた髪はほとんど真っ白で、コンラードを見てほころぶ顔にはいくつもしわが刻まれている。初老に差し掛かっているように見えるが、実年齢はエイブラハムとそう変わらないそうだ。なんでも、昔鉱山に勤めていたとき、毒ガスに巻き込まれたりがれきに閉じ込められたりしたことで、外見が著《いちじる》しく年老いてしまったらしい。

身体が置いてしまうほどの過酷《かこく》さなど、コンラードにはとうてい理解できない。ただ、まくった袖から覗《のぞ》く太い腕には、刃物でつけられたとは思えないむごい傷痕がいくつも目についたので、彼が大変な体験を経てルビーニ家へやってきたのだけはわかった。ちなみに、コンラードと同じ年頃の孫がおり、それは鉱山で命を落とした知人の忘れ形見《がたみ》なんだそうだ。ふたりの年齢差を考えると親子が妥当《だとう》だが、なにぶん庭師の外見が老けていたため、祖父と孫と名乗るようにしている。

「こんにちは、おじさん。お手伝いに来たよ」

コンラードがそう言って傍へと駆けよれば、庭師はそうですかと頷《うなず》きながら、足元の肥料《ひりよう》袋《ぶくろ》を肩に担《かつ》いだ。軽々と担いでいるが、袋は大人の上半身ほどの大きさを誇り、本来なら男性ふたり掛かりで運ぶものなんだそうだ。恐ろしいことに、以前、三袋まとめて運んでいる姿を見たことがある。

庭師は、老いた外見からは想像できないほど人間離れした力持ちだった。テラスから眺める風景に季節の花を入れたいからと、樹齢ウン十年の巨木を掘り起こして移動……などという離れ業《わざ》も行ってしまう。木の植え替えを頻繁《ひんぱん》に行えば弱ってしまいそうなのに、彼の手にかかるとどんな草木も健康に生い茂った。

また、ビオレッタが生まれた祝福を受けに家族総出で教会へ向かったときなどは、ビオレッタの愛らしさに胸を打たれた街の人々が群がってきたところを、護衛として同行していた庭師が片っ端《かたぱし》から放り投げていた。丸腰の相手に剣は振るえないため、彼の腕力はとても頼りになったのだ。
二、三人の首根っこの服を片手でつかみ、まるで畑に水を撒《ま》くかのように放り投げる庭師は、コンラードの目にしっかりと焼きついている。
「ぼく、おじさんみたいなちからもちになるんだ！」

そしてビオレッタに群がる有象無象どもを、片っ端から投げ飛ばしてやる——というコンラードの心の声が聞こえていない庭師は、それはそれは微笑《ほほえ》ましそうに「そうですか、頑張ってください」と答え、前庭に飾る岩（超特大）を担いだのだった。


庭師の手伝いという名の修業（主に腕力的な意味で）を終えたコンラードは、そろそろルイスとビオレッタが起きているかもしれないと、子供部屋へ戻った。

「あぁ、コンラード。手伝いは終わったのか？」

「かあさま！」

子供部屋には、絨毯《じゆうたん》のうえに座りこんでビオレッタの雄姿《ゆうし》（よちよち歩き）を眺めるベアトリスがいた。普段より早い母の帰宅に、コンラードはついつい駆け寄って抱き着いてしまった。

「かあさま、おかえりなさい。今日はとっても早かったんだね」

「ほほほっ。ごねる貴族など、さっさと黙らせてやったわ。私の情報網《もう》を舐《な》めてはならん」

ベアトリスが高らかに宣言すると、斜め後ろに控えるフェランがうんうんと頷く。よくわからないが、とりあえず仕事はうまくいったらしい。

「あれ？　フェランは、とうさまをへやからおいださなくていいの？」

寝食を忘れて研究に没頭《ぼっとう》するエイブラハムを強制的に現実へ引き戻すのは、いつもフェランの役目だった。てっきり、帰ってくるなり向かうと思っていたのに、フェランはここにいる。

「心配ない、コンラード。エイブラハムなら、すぐ部屋から出てくる」

ベアトリスはそう言って、口の端を持ち上げる。と同時に、地響きのような音が聞こえだし、それは瞬く間に大きくなった。

「ビオレッタ――――！」

悲鳴のような声とともに子供部屋の扉が乱暴に開け放たれ、エイブラハムが現れた。波打つ金の髪をボサボサに乱し、目の下には青黒い隈《くま》が浮きあがっている。しばらく眠っていないのか、力なく背を丸めて開け放った扉にもたれかかっていたが、部屋の状況をじっくり観察したあと、気怠《けだる》そうな空色の瞳がカッと見開かれた。

「ビオレッタが……ビオレッタが……立ってる！」

まるで天変地異《てんぺんちい》を目の当《ま》たりにしたかのような声をあげて駆け出したエイブラハムは、勢いを保ったままベアトリスの真横へ滑りこむように座った。そんな彼から少し離れた場所で、ビオレッタは一歩、二歩と踏み出した。

「すごいっ……歩いてる！」

「よしよし、上手だな、ビオレッタ。さぁ、こっちへおいで」

感激するエイブラハムの隣で、ベアトリスが愛娘《まなむすめ》へと手を伸ばす。ビオレッタはあっちにふらふら、こっちにふらふらしながらも、なんとか母の腕の中におさまった。

「この間生まれたと思ったのに、もう歩き出すなんてね」

「これからまた、大変になってくるぞ。きっとこの子はやんちゃだから」

ベアトリスはビオレッタをエイブラハムに渡し、赤子らしくふくふくとした頬《ほお》をつつく。

「だぁいっ」と笑ったため、夫婦は笑みを深めた。

「……ありがとう、ベアトリス。君がいなかったら、こんな幸せ、手に入れられなかった」

エイブラハムは腕の中の温かさをかみしめるように、それでいて、柔らかなそれを傷つけないように、腕に力を込めた。

「それは、こちらのセリフだ。お前と結婚できたから、私はいま、とても幸せなんだ」

そう言って、ベアトリスは傍に立つふたりの息子の頭をなでる。

視線をエイブラハムへと戻せば、快晴の空のように澄んだ瞳と視線がぶつかる。そして、どちらからともなく顔を近づけ、短いキスを交わした。

「四人目は近いかも」

「確かに」

などと、ロサとフェランがささやく声を聞いたコンラードは、次も妹だったらいいな、と密かに思った。

あとがき

こんにちは、秋杜《あきと》フユでございます。このたびは『ひきこもり魔術師と社交界の薔薇　それで口説いてないなんて！』を手に取っていただき、誠にありがとうございます。

今回はシリーズ第一作『ひきこもり姫と腹黒王子』のヒロイン、ビオレッタの両親の馴れ初《なそ》め話です。精霊のおせっかいで男性不信になりかけた主人公が、人間不信気味で研究バカな魔術師と出会い、まったく女性扱いしないその魔術師に新鮮さと安らぎを覚えてほだされていきます。

第一作から四作目まで、順番に時間が進んでいたのですが、五作目にて過去にさかのぼります。というのも、『ひきこもり』シリーズは第一作を気に入ってくださった読者様への感謝の気持ちをこめにこめて書いたものでして、各作品の主人公は第一作に出てきたキャラクターの中から、と私個人のなかで決まっておりました。それが前作『こじらせシスコンと精霊の花嫁』をもって、主要キャラクターのその後をすべて書き終えることができたのです。

これはすべて、第一作だけでなく『ひきこもり』シリーズを手に取ってくださった読者様のおかげです。本当にありがとうございます。これからも皆様への感謝の気持ちを忘れずに書いていこうと思います。

『ひきこもり』シリーズの新たな一歩となる五作目は『ひきこもり魔術師と社交界の薔薇』となったわけですが、五作目のお話をいただいたときに、いくつか候補が浮かんでおりました。変態侍女《じじょ》とか、亡国の王子とか、失恋魔術師または交易商、忘れ形見《がたみ》のあの子とか。担当様と相談しましたところ、初心にかえって『ひきこもり』から始まる題名のお話を書こうとなりまして、ベアトリスとエイブラハムが主人公となりました。きっと需要《じゅよう》は、ある……はず！

書き始める前はベアトリスがエイブラハムを圧倒するんだろうと思っていたのですが、実際は純情なベアトリスを無自覚砂糖投入機のエイブラハムが振り回していました。どうしてこうなったと頭を抱えましたよ。嬉しい誤算でしたけども。

ここまでシリーズ、シリーズと言っておりますが、この一冊だけでも楽しんでいただけるものを目指しております。前作と時間がつながっていない分、歴代シリーズの中でも特に単品として読みやすいと思います。

また、『ひきこもり魔術師と社交界の薔薇』の発売に合わせ、ＷｅｂマガジンＣｏｂａｌｔにて短編を書かせていただきました。本編の後日譚《たん》です。巻末のおまけくらいのさらっとした読み切りです。そちらも合わせて楽しんでいただけましたならば、幸いです。

担当様、今回は本当にいろいろありましたね。小説を書くという作業は、大海原《おおうなばら》を担当様とふたりで手漕《てこ》ぎボートを漕ぐようなものだと思っております。陸地を目前にオールがなくなったときは呆然《ぼうぜん》といたしましたが、すぐさま海に飛び込んで助けに来てくれた担当様には感謝の言葉しか浮かびません。私が校了という名の島へたどり着けたのも、すべては担当様のおかげです。これからもよろしくお願いします。

イラストを担当してくださいましたサカノ景子《けいこ》様、お忙しい中、いつもいつも美麗《びれい》なイラストを描いてくださり、ありがとうございます。今作の表紙は、ダンスシーンがいいなと密かに思っておりましたので、ラフを拝見した時に思わずガッツポーズをしてしまいました。サカノ様とお仕事ができる私は本当に幸せ者です。

最後になりましたが、この本を手に取ってくださいました読者の皆様、心より感謝申し上げます。皆様のおかげをもちまして、『ひきこもり』シリーズは五冊目を迎えることができました。後悔に苛《さいな》まれた人々が、手と手を取りあって前へと進むお話です。ひとりでは無力でも、それぞれができることを精一杯やれば未来は変えられるのだ、と立ちあがる姿を見守っていただけましたら幸いです。

ではでは、次回作でお会いできる日を楽しみにしております。

秋杜フユ

※この作品はフィクションです。実在の人物・団体・事件などにはいっさい関係ありません。

あきと・ふゆ

２月28日生まれ。魚座。Ｏ型。三重県出身、在住。『幻領主の鳥籠』で2013年度ノベル大賞受賞。趣味はドライブ。運転するのもしてもらうのも大好きで、どちらにせよ大声で歌いまくる迷惑な人。カラオケ行きたい。最近コンビニの挽きたてコーヒーにはまり、立ち寄るたびに飲んでいる。

ひきこもり魔術師と社交界の薔薇
それで口説いてないなんて！

COBALT-SERIES

2016年10月10日　第１刷発行

★定価はカバーに表示してあります

著　者　秋杜フユ
発行者　北畠輝幸
発行所　株式会社　集英社
〒101－8050
東京都千代田区一ツ橋２－５－10
電話　【編集部】03-3230-6268
【読者係】03-3230-6080
【販売部】03-3230-6393（書店専用）
印刷所　凸版印刷株式会社

ISBN978-4-08-608015-6　C0193